菱川さかく
Ill. だぶ竜
一瞬で治療していたのに役立たずと追放された天才治癒師、闇ヒーラーとして楽しく生きる

「一体、誰があの鈍感男をものにするのかのぅ」
カーミラ
「あたしだよっ」
ゾフィア

「我は負けんぞ」
レーヴェ
「リンガに決まっている」
リンガ

クリシュナ
「偶然に感謝しよう。まさか、こんなところで別の事件の犯人《ホシ》が見つかるとはな」

リリ
「わっ、わぁぁぁぁぁあっ」

「おおおあああっ！」
ゼノス

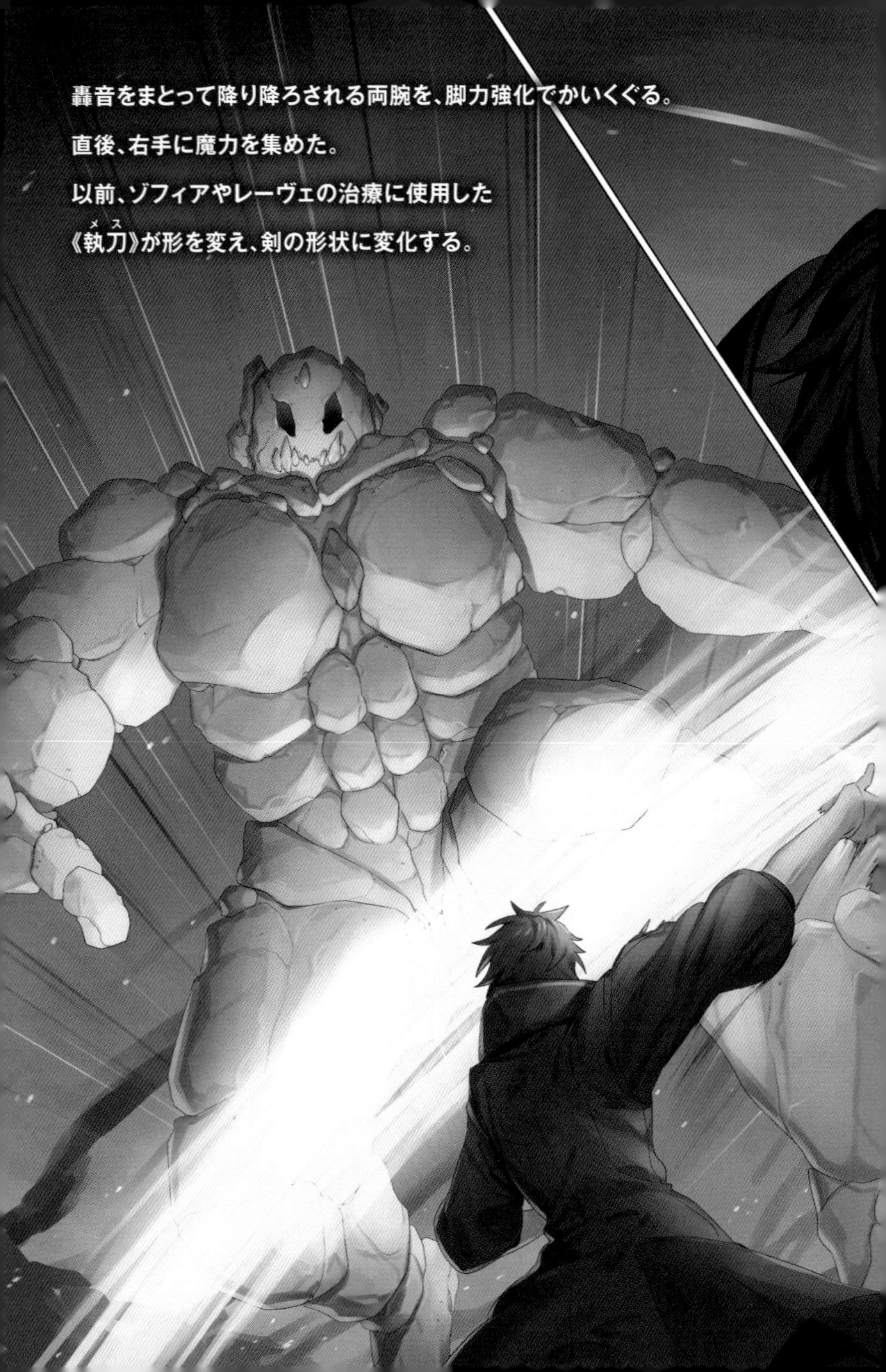
轟音をまとって降り降ろされる両腕を、脚力強化でかいくぐる。
直後、右手に魔力を集めた。
以前、ゾフィアやレーヴェの治療に使用した
《執刀《メス》》が形を変え、剣の形状に変化する。

Contents

一瞬で治療していたのに役立たずと追放された天才治癒師、闇ヒーラーとして楽しく生きる

菱川さかく　ILL. だぶ竜

プロローグ

～天才治癒師《ちゆ》、パーティを追放される～

「ゼノス、最近お前何もしてないよな。ぶっちゃけもういらないんだ」

滞在先の宿で、パーティリーダーのアストンに呼び出されたゼノスは、唐突《とうとつ》にそう告げられた。

弓術士《きゅうじゅつし》のユーマ。補助魔導師《まどうし》のガイル。攻撃魔導師のアンドレス。

アストンの後ろに立つ他のメンバー達も、冷ややかな目をゼノスに向けている。

ゼノス達のパーティは大型魔獣を何体も倒した、最近売り出し中の冒険者グループだった。ギルドからの報酬も増えているし、その名を聞きつけた貴族がスポンサーについたことで資金は潤沢にある。実際、アストンの部屋は、高価なアンティークの家具が並び、毛並みの美しい絨毯《じゅうたん》が床全体に敷き詰めてあった。

ただ、その財はゼノスには分け与えられていない。

なぜなら、ゼノスはパーティで唯一の貧民街出身だからだ。

大陸中央部に位置する広大なハーゼス王国は、王族を頂点に、貴族、市民と厳密な階級に分けられており、貧民は最下層に位置付けられている。根強い差別意識のせいで、同じパーティでもゼノスが泊まる部屋だけはいつも質素なものだった。いや、部屋があればまだいいほうで、ゼノス一人だけが野宿という扱いを受けることも多々あった。

それでも、自分を拾ってくれたアストンのために、ゼノスは腕を磨いてきた。

「何もしてないことはないぞ、アストン。俺《おれ》だって多少はみんなの役に立っているはずだ」

「はっ、治癒師のライセンスもないくせに」

アストンは鼻で笑った。

この国では、冒険者として役職ライセンスを得られるのは市民からであり、貧民にはその権利がない。当然、養成機関にも通えないため、必然ゼノスの治癒魔法はほとんど独学だった。

「もう、お前のうさん臭い我流の治癒魔法なんてなくても、強くなった俺らを傷つけられるような相手はいねえんだよ」

「それは、俺が――」

仲間が傷を負いそうなら、即座に治癒魔法をかけていたから。

それに加えて、防護魔法でそもそも怪我《けが》をしにくい体にしていたし、さらに能力強化魔法も使ってパーティの戦闘力を高めていたからであって――。

そう説明するが、アストンは大きく肩をすくめるだけだった。

「おいおい、大ボラ吹くなよ。無ライセンスのお前は知らんだろうが、治癒魔法ってのは発動に詠唱や魔法陣が必須なんだ。聖女じゃあるまいし、傷を負った瞬間に発動して完治させるなんてできるわけねえだろ。俺らが傷を負わないのは、ガイルの防護魔法のおかげと、俺らが強いからだ。お前は何の役にも立ってねえ」

アストンの後ろに立つ、補助魔導師のガイルが勝ち誇ったような笑みを浮かべる。

「……」

ゼノスはそれ以上の口応《くちごた》えはしなかった。

アストンはゼノスの恩人だ。治癒師がいないから俺らのパーティに入れよ――貧民街を通りかかったアストン達が、ゼノスにそう声をかけてくれたから自分はここにいる。それに治癒師として正規の教育も受けていないため、確かに間違っているのは自分かもしれないとの思いもあった。

アストンはおおげさに溜《た》め息《いき》をついた。

「それと、いい加減に察しろよ、ゼノス。俺らはこれから貴族や王族にアピールしていかなきゃならねえんだ。パーティに貧民街出身の野郎なんかがいたら、印象最悪だろ」

「……だけど、それでも俺を仲間だと言ったじゃないか」

ひゃひゃひゃひゃひゃっ、とパーティメンバー達が大笑いする。

アストンは腹を抱えながら、こう言った。

「ばーか、まだ気づいてなかったのかよ。俺らはただ働《ばたら》きが欲しかっただけなんだよ。貧民街の奴《やつ》なら飯抜きにしようが、一人で野宿させようが文句は言わねえし、危ない時には身代わりにしても心が痛まねえ」

「……」

これまでの思い出が、瓦礫《がれき》のように崩れ落ちる音をゼノスは聞いた気がした。

孤児として貧民街でずっとその日暮らしの生活をしていたから、パーティにいられることが嬉《うれ》しかった。居場所があることが嬉しかった。だから、辛《つら》い仕打ちを受けても、皆の役に立てるように歯を食いしばって頑張ってきたのに。

だけど、居場所など最初からなかったのだ。

「という訳で、お前は用済みだ」

アストンはそう言って親指を弾《はじ》いた。

きらきらと輝く何かが、床で跳ねてゼノスの足元に転がってくる。

それを拾い上げて、ゼノスは眉《まゆ》をひそめた。

「これは？」

「見たことねえだろうが、そりゃ金貨だ。お前みたいな貧民が、一生かかっても手にできねえような報酬だ。有難《ありがた》く思えよ」

「アストン……」

パーティリーダーは、目を細めて無表情に続けた。

「いいか。貧民風情《ふぜい》が俺らのパーティにいたなんてこと、誰《だれ》にも言うんじゃねえぞ」

「……」

つまり、慰労金ではなく、口止め料というわけか。

ゼノスは手の中の金貨を握りしめた。

数年に及《およ》ぶ冒険の果てに得たそれは、ひどく冷たい温度を皮膚に届けた。

「……わかった。そこまで言うなら、パーティを抜けるよ」

こうして治癒師ゼノスは、パーティを追い出されることになった。

ゼノスを貧民出身という色眼鏡《いろめがね》でしか見ていなかったメンバー達は、誰のおかげで今のパーティの地位があるのか、少しも理解していない。この決別が互いにとって大きな運命の岐路になるとは、パーティメンバーだけでなく、ゼノス自身もまだ気づいていなかった。

第一章　天才治癒師《ちゆし》、闇《やみ》ヒーラーを開業する

「これから、どうしたもんかな……」

パーティを追い出されたゼノスは、うらぶれた街角をとぼとぼと歩いていた。

冷気をはらんだ夕闇《ゆうやみ》の空気に、思わず外套の襟《えり》もとを手繰り寄せる。パーティに入る前から愛用しているもので、夜にまぎれるような漆黒をしていた。

「冒険、続けるのもなぁ……」

今から他のパーティに加入しようにも、治癒師としての正式ライセンスがないため、冒険者ギルドにメンバー募集の申し込みをすることができない。

それに、信頼していた仲間達に裏切られた直後というのもあって、どこかに所属するのも億劫《おっくう》に感じられた。かと言って、貧民街を出てからは、ずっと冒険者として暮らしてきたため、他に生き方を知っているわけでもない。手ひどい切られ方をしたせいで、元のパーティに未練はないが、先行きは全くもって不透明だ。

とりあえず何か腹に入れてから考えようと、飯処を探そうとしたところ――

「馬鹿《ばか》野郎っ。商品を射殺《いころ》してどうするんだ。これから金にする予定だったんだぞっ！」

「す、すみませんっ。だって、こいつが逃げるから……」

通りの奥で、男の怒号と謝罪の声が聞こえた。

なんだろうと思い、ゼノスは狭い路地へと足を踏み入れる。

散らかったゴミやネズミの死骸を避けながら進むと、剝《む》き出しの黒土に小さな影が倒れ伏しており、その脇《わき》に人相の悪い男が二人立っていた。

倒れている人物は、薄汚れた格好をしており、既に虫の息だ。

その横顔はまだ幼い少女で、耳の端が少し尖《とが》っている。

おそらくエルフだ。

北方に住む希少民族だが、時々王都に流れ着くことがある。

「ちっ……もう助からねえぞ。せっかくの貴重なエルフをどうしてくれるんだ」

「すっ、すいませんっ……」

少女の背中には、銀色の矢が深々と突き刺さっていた。

「おいっ、まさか子供を矢で撃ったのか」

ゼノスが声をかけると、男達が睨《にら》みつけてきた。

「あん？　こいつはうちが飼ってる奴隷だ。部外者が口を出すんじゃねえ」

「……」

ゼノスは蒼白《そうはく》になった少女の横顔を見つめ、アストンから手切れ金としてもらった一枚きりの金貨を差し出した。

「じゃあ、俺《おれ》が買うよ。これで足りるか？」

「はあ？　お前は馬鹿か。こいつはもう――」

「おい、黙れ。いいじゃねえか。せっかくそう言ってくれてるんだ。どうせ死ぬなら金になったほうがましだ」

もう一人の男が横から口を挟み、ゼノスの手から金貨をひったくるように奪って、その場を走り去っていった。

ゼノスは伏した少女のそばに膝《ひざ》をつき、背中に手を当てる。

「おい、大丈夫か」

「あ……う……」

少女はうつろな瞳《ひとみ》で、口をぱくぱくと開閉した。艶やかな黄金色の髪は、土にまみれている。

「私……死ぬ……の？」

「大丈夫だ。この程度なら助かるから心配するな」

「それは、さすがに……無理……」

「というか、もう傷は治したから、普通に喋《しゃべ》れるはずだぞ」

「……え？」

少女は大きな瞳をぱちくりと瞬《しばた》かせ、ゆっくり体を起こした。

「あれ？　痛くない。血も出てない……どうして？」

そばに転がった矢を不思議そうに眺める少女に、ゼノスは言った。

「俺は治癒師なんだ。矢を抜いて治癒魔法で傷をふさいだ」

少女は信じられないといった顔で、自身の背中をまさぐる。

「傷が……ない！　絶対、死んだと思ったのに」

「ははは。この程度のかすり傷でおおげさだな」

「かすり傷？　す、すごいっ……」

少女は驚いて、小さな手でゼノスの手を握った。

「あ、ありがとう……ありがとうっ、お兄ちゃん」

安堵《あんど》のためか、少女の大きな瞳には涙が滲《にじ》んでいる。じんわりした熱がゼノスの胸の奥に灯《とも》った。

誰《だれ》かを治癒して御礼を言われたのは久しぶりだったのだ。

血の滲むような訓練をして治癒魔法の即時発動ができるようになったことを、アストン達は全く信じてくれなかった。戦闘時は少しでも傷がついたらすぐ治癒していたから気づかなかったみたいだし、思えばずっと部屋も食卓も別だったから、説明する機会すらもらえなかったのだ。

必死で頑張ってきたが、改めて考えると結構ひどい扱いを受けていたようだ。

「いいさ。それより、さっきの男達は奴隷商か？」

「う、うん。昨日捕まって……隙《すき》を見て逃げたけど、見つかって……」

「名前は？」

「……リリ」

少女は伏し目がちに答えた後、遠慮するように言った。

「あの、お金……」

「あいつらに払った金貨のことか？　あぶく銭だから気にするな」

手切れ金なんて大事にとっておくものでもない。

むしろ人助けに使えて良かった。

「その……お兄ちゃんは？」

「俺はゼノスっていうんだ」

「有名な治癒師なの？」

「まさか。治癒師のライセンスは持ってないし、治癒魔法も自己流だ」

生まれ故、冒険者ギルドにパーティメンバーとして正式な届けは出しておらず、公的な場には帯同を許されなかった。つまり、ゼノスという治癒師は、表には一切《いっさい》名前が出ていない。

「それにしても、奴隷商に捕まるなんて災難だったな。家はどこだ？　そこまで送ろう」

「……家は、ないの」

リリはふるふると首を振る。

つまり、路上生活の孤児ということだろう。昔の自分と似た境遇だ。希少なエルフの子供が路上生活とはよっぽどの事情があったのだろうが、無闇《むやみ》に尋ねるつもりはない。

「家がない、か。そいつは困ったな」

言いながら、ゼノスは苦笑した。

自分だって、もう帰るところなどないというのに。

ぐぅ、と鳴ったのはリリの腹の虫だ。

顔を赤くする少女に、ゼノスは立ち上がってこう笑いかけた。

「とりあえず、飯でも食おうか。リリ」

＋＋＋

その後、ゼノスはリリを連れて、街外れの定食屋に入った。

「おいしいっ……！」

野兎《のうさぎ》肉を柔らかく煮込んだスープを口にして、リリは感激の声を上げる。

湯気の立つ皿に顔を突っ込み、ほふほふと頬張《ほおば》る姿はまるで子犬のようだ。

頬《ほお》にタマネギの切れ端をつけたリリが、小さく首を傾《かし》げた。

「ゼノスは食べないの？」

「俺は腹いっぱいだからな。水だけでいい」

嘘《うそ》だった。実際は金がないのだ。パーティにいた時、アストンはほとんど報酬をくれなかったし、手切れ金はリリを買い取るのに使ってしまった。なけなしの路銀をかき集めて、スープ一杯がやっと支払える状況だった。

——まあ、それはなんとかするとして……。

当面の問題は、この子の預け先だ。街の教会に預ける場合は紹介者が必要で、貧民出身のゼノスにはその資格がない。貧民街の孤児院なら預かってくれるだろうが、あそこは実質人身売買の温床となっている。エルフの子供がどんな扱いを受けるか、考えるだけでも憂鬱《ゆううつ》な気分になる。

悩んでいると、リリがふと口を開いた。

「ゼノスは、どこで治癒師をしているの……？」

「いや……実は俺もパーティを追い出されたばかりでな。行く当てはないんだ」

ぼりぼりと頭をかいて答えると、リリはスプーンを握りしめたまま、にこりと笑った。

「じゃあ、リリと一緒だ」

「……そう、だな」

屈託《くったく》のない笑顔をしばらく眺めていたゼノスは、おもむろに口を開いた。

「ただ……ちょっと考えたことがあるんだ」

「考えたこと？」

「ああ、俺は治療院をやろうと思う」

ライセンスがないので、正式な開業届は出せない。

もぐりの、いわば闇治癒師《やみヒーラー》ということになるだろうが。

「さっきリリを治療した時、ありがとうと言ってくれただろ。それがなんか嬉《うれ》しくてな」

もともと独学で治癒魔法を勉強したのも、貧民街の虐げられていた人達を癒《いや》そうと思ったのと、ある治癒師との出会いがきっかけだった。アストンのパーティで一言の礼もなく、こき使われている間に、長らく忘れていた感情だった。

それをリリが思い出させてくれた。

そう告げると、リリはゼノスをまっすぐ見て言った。

「リリも、手伝いたい」

「え？」

「リリも治療院を手伝う。闇ヒーラーって格好いいもの。ゼノスは格好いい」

「いや、でもな……」

無ライセンスでの治療院開業は、はっきり言って違法になる。

自分はもはや失うものなどないが、いたいけな子供を付き合わせるのは気がひける。

しかし、リリは全く引くつもりはないようだ。

「リリのこと、ゼノスが買い取ったの。ゼノスがご主人様だもん。だから、ゼノスについていく」

「それは単に助けようと思っただけで」

「そうなんだ……その気もないのに、リリを買ってポイ捨てするんだ……」

「誤解されるようなこと言うなよ……？」

そんな言い回しをどこで覚えたのかはさておき、確かに希少なエルフの子供を一人で放り出すわけにもいかない。結局、安全な受け入れ先が見つかるまで、という条件で、ゼノスはしばらくリリを預かることに決めた。

リリは、ぱぁと目を輝かせる。

「ほんと？　嬉しい！　リリ、ご主人様にいっぱいご奉仕する」

「だから誤解発言はやめような？」

次の瞬間――

店のドアがけたたましい音で開き、男が倒れ込むように入ってきた。

「す、すまねえ。み、水をくれ！」

男は苦痛に顔をゆがめ、息も絶え絶えに叫んだ。

よく見ると、左肩から腕の先までが真《ま》っ赤《か》に腫《は》れあがり、一部は焦《こ》げ付《つ》いたように炭化している。

他に客はおらず、厨房から出てきた店の主人はおろおろするだけだ。

ゼノスは席から立ち上がった。

「その腕、どうしたんだ」

「ああ、ちょっとな。悪いが、水を……」

男の頬には鱗《うろこ》があり、爬虫《はちゅう》類のような緑色の尾が揺れている。

リザードマンだ。亜人と呼ばれる種族の一つである。

ゼノスは水の代わりに、男の腕に手をかざした。

「弾痕と広範囲の火傷《やけど》か。魔法銃だな」

「ああ、油断して撃たれちまった。もうこの腕が駄目なのはわかっているが、痛みだけでもどうにかできればな……。頼む、水を――」

「おおげさだな。かすり傷とは言わないが、このくらいならすぐに治る」

「は？　あんた何を言って……？」

とは言え、傷は深部に達していそうだ。

完全に治すには詠唱も併用したほうが確実だろう。

「《治癒《ヒール》》」

ゼノスが唱えると、男の腕が淡く白い光に包まれた。

光が消えると、火傷は綺麗《きれい》になくなっている。

男は驚いて声も出せない様子だったが、ようやく絞り出すように言葉を発した。

「今、何をした？　あんた、一体……」

「ゼノスはとってもすごい闇ヒーラーなの」

なぜかリリが得意げな顔で、ふふんと鼻をならす。

「まだ開業してないけどな」

「あ、そうだった」

「闇ヒーラーのゼノス……。こんなすげえ治癒師がいるとはな。助かったぜ」

男はポケットから複数の銀貨や銅貨を乱暴に摑《つか》み出すと、ゼノスの手に握らせた。

「あんたのこと、覚えておく」

最後にそう言うと、足早に店を出て行った。

突然現れて風のように去っていったので、結局何が何だかよくわからない。

しかし、手垢《てあか》にまみれた硬貨は、確かに手の中に存在していた。

「……」

「急に黙ってどうしたの、ゼノス？」

「いや……飯屋で飯を食ったら飯代を払うように、治療院で治癒師が治癒をしたら報酬をもらってもいいんだよな」

「リリはそれが普通だと思う」

「そう、だよな……」

そんな当たり前のことすら忘れかけていた。

ゼノスは握った硬貨で支払いを済ませると、笑顔でエルフの少女を促した。

「よし、まずは物件探しだな」

パーティを追放され、全《すべ》てを失った。

しかし、新たな出会いがあり、治療院開業という目標ができ、幾らかの報酬を手にした。

新しい人生において、ゼノスは一つのことを心に決めた。

これからは誰の顔色を窺《うかが》うことなく、好きに生きるのだ。

自分にできることをして、必要な対価はしっかりもらう。

その上で、誰かが喜んでくれればきっとそれは悪くない人生だ。

店を出ると、ゼノスの背中を押すように、夜風が後ろから強く吹いた。

＋＋＋

「ゼノス、本当にここで開業するの?」

「ああ、そのつもりだ」

定食屋を後にしたゼノスとリリは、夜の街並みを歩いていた。

まだ深夜とは言えない時間帯だが、周囲に人の声はなく、耳に届くのは犬の遠吠《とおぼ》えくらいだ。

荒れた道の両脇《りょうわき》には、今にも倒れてきそうな朽ち果てた家屋が並んでいた。

リリが恐る恐る辺りを見渡す。

「全然、人がいる様子がないけど」

「ここは廃墟《はいきょ》街だからな」

ハーゼス王国の王都は、王族の住む宮殿エリアを中心に、貴族の住居が並ぶ特区、その周囲に市民が住む街区、さらに外側には貧民街が転々と連なっている。このエリアは街区と貧民街の間にある地区で、かつて疫病が流行《はや》ったことで廃墟となった場所だった。

「どうしてこんなところで……？」

「もぐりの営業を、街中で堂々とやるわけにはいかないだろ」

「そっか、ゼノス頭いい」

「あとは単純に家賃の問題もあるけどな」

アストンは報酬をほとんど分け与えてくれなかったし、手切れ金もリリを買いとるのに使ってしまった。リザードマンの男から突発的に受け取った金はまだ残っているが、貧民出身のゼノスは、そもそもまともな不動産契約はできない。だが、ここなら幾らでも物件が余っている。

二人は建物を順番に見て歩き、比較的原形が保たれている家を見つけた。

「じゃあ、中を見てみるか」

「うん……」

リリは不安げにゼノスの袖《そで》をぎゅっと掴《つか》む。

「どうした、怖いのか？」

「だって、お化けが出そうだから……」

お化けというのは、決して架空の存在ではない。大昔に滅んだ魔王の残り香が、今も世界に影響を与えており、実際にゴーストやゾンビ、グールといった魔物が誕生する。

「リリ、知ってるの。こういう人がたくさん死んだところは、魔物が生まれやすいって。もしレイスなんかがいたらもう終わりだもん……」

「レイス？」

「アンデッド系の頂点にいる魔物。見た目は人間みたいだけど、触るだけで相手の命を奪って、配下のゴーストにするんだって」

「ふーん……」

軋《きし》むドアを開き、怯《おび》えるリリと足を踏み入れると、中は当然のごとく真っ暗だった。

むっとした黴臭《かびくさ》さが、鼻腔《びこう》にまとわりつく。

「《発光《ライト》》」

リリがそう言って手をかざすと、淡い光が周囲を照らした。

「リリは魔法が使えるのか」

「うん、簡単なのだけ」

子供でも魔法が使えるとは、さすが膨大な魔力と魔法の才能を持つと言われるエルフだ。

薄い明かりに浮かび上がったのは、時が止まったような風化した光景だった。

黒ずんだ剝き出しの梁《はり》。腐った床板。脇の階段は踏み板がほとんど損壊している。

リリが細い眉を寄せた。

「うわぁ、これは……」

「うん、悪くないな」

「え、悪くないの？」

「ああ。なんせ屋根がある！」

嬉しそうに言うゼノスを、リリが不安げに見上げる。

「屋根、はあるけど……それでいいの？」

「パーティにいた時は、一人だけ野宿がほとんどだったしな。雨風が防げるだけでもありがたい。柱もしっかりしてそうだから、手を入れれば十分住めるぞ」

「ゼノスって前向き……！」

「失うもんは全部失ったし、後ろを見ても仕方ない」

「わあああぁぁぁ！」

直後、リリが絶叫した。

明かりを向けた部屋の奥に、黒髪の女がいたのだ。

漆黒の衣に帯を巻いた見慣れぬ装いで、顔立ちは美しいが、瞳の奥はどこまでも深い闇に覆《おお》われている。うっすら透けた全身からは、禍々《まがまが》しいオーラが溢《あふ》れ出していた。辺り一帯が、瞬時にして凍りつくほどの冷気に包まれる。

「命の匂《にお》い……よこせ、よこせっ……」

「ゼノス、レイスだっ。レイスがいる！」

「あぁ……やっぱり先客がいたか。この建物がここらで一番居心地よさそうだもんな」

「ゼノス、そんな悠長な……」

魔物は唇を引き上げ、襲い掛かろうと空中に浮かび上がった。

「《治癒《ヒール》》」

「ぎゃあああああっ」

「え？」

リリがまばたきをすると、レイスの腕から先が消滅していた。

ゼノスは右手を前に向けながら、落ち着き払って言った。

「そうか、これがレイスなのか。だったら百体くらいは倒したことがあるぞ」

アンデッド系の魔物が回復魔法に弱いことは知っている。

かつてアストンの虫の居所が悪かった時、腹いせに放り出された地下迷宮の最深部で大量に遭遇したことがあるのだ。

「レイスは一度会ったら終わりって聞いたのに……百体？」

リリがぽかんと口を開く横で、ゼノスはレイスに向かって言った。

「悪いけど、この建物が一番具合が良さそうなんだ。邪魔はしないようにするから、ちょっとだけ間借りしてもいいか？」

「貴様は何を言っている。さっさとその命を……！」

「《治癒《ヒール》》」

「ぎゃあああっ」

「あ、すまん。襲ってくるからつい。悪気はないんだ」

「ぐおおおっ」

レイスは怒りに顔をゆがめ、再生した両手を天に掲げた。

その全身が膨れ上がり、淀んだ黒いオーラが虚空《こくう》に向かって放たれる。

「許さぬぞっ。この死霊王カーミラを怒らせた人間は初めてだ。集え、我が配下ども。愚かな人間共を、嬲《なぶ》り殺しにしてくれようっ」

「わ、わわわ、ゼノスっ……」

破損した壁の隙間《すきま》から、大量の青白い霊体がわらわらと集まってくるのが見えた。

廃墟街にひそんでいたであろうゴーストの大群だ。

「うーん……できれば静かに間借りしたかったが……」

ゼノスは肩をすくめて、両手を前にかざした。

「《高度治癒《ハイ・ヒール》》」

光の輪が、ごうっとゼノスの周囲を巡り、それが弾《はじ》けて八方に散らばった。レイスの呼びかけに集まったゴーストが、細い断末魔を響かせて一瞬で消滅する。カーミラと名乗ったレイスは、あっけにとられた顔で叫んだ。

「……な、なんだっ。貴様はなんなんだっ」

「しがない闇ヒーラーだが。いや、本当にすまない。治療用の部屋と寝室だけ使わせてもらえればいいから」

手を合わせて拝むように言うと、レイスはやがてひゅるひゅると小さくなり、すぅと天井《てんじょう》を抜けて二階に消えた。

「……い、一階は好きに使うがいい。だが、二階はわらわの部屋だからな」

「勿論《もちろん》だ、感謝する。やったな。リリ」

「リリ、喜んでいいのか悲しんでいいのかわからない……」

こうしてゼノスは、ひとまず物件（※レイス付き）を手に入れることに成功した。

閑話一　その頃《ころ》アストンのパーティは（Ⅰ）

「おい、アストン聞いたか？」

王都の特区にほど近い高級宿で、アストン達のパーティは浮き立っていた。

「ああ、フェンネル卿の直々の依頼だ。腕が鳴るな」

王都の七大貴族の一つから、魔獣討伐《とうばつ》の依頼がきたのだ。

通常、魔獣退治などの依頼を出す時は、冒険者ギルドに頼むのが一般的だ。

すると、ギルドのほうでクエストという形で公募を出し、腕に覚えのある冒険者達が挑戦する。

そして、成功した者に報酬が払われるという仕組みだった。

しかし、気に入ったパーティがある場合は、スポンサーとなって直接依頼することもできる。

フェンネル卿は、アストン達の噂《うわさ》を耳にし、是非にと依頼をしてきたのだった。

「ゼノスの野郎を追放した途端にこれだ。いきなり運が向いてきたな」

「やっぱり貧民がいたせいで、これまで運気が下がっちまってたんだよ」

「ちげえねえ」

皆で大笑いをする。

依頼内容は、ファイアフォックスという魔獣を狩って、その毛皮を持ち帰ること。

毛の一本一本が、赤く熱を帯びており、防寒具や錬金術の高級素材として知られている。

なんでも娘の記念日に、マフラーにしてプレゼントをしたいらしい。

討伐ランクはB+。

熟練のパーティでないと厳しめだが、アストン達はこれまでに何体ものA級魔獣の討伐にも成功していた。ファイアフォックスに遭遇したことはないが、今回もおそらく余裕だろう。

「一流の剣士である俺《おれ》、ユーマの正確無比の弓術、威力抜群のアンドレスの破壊魔法、それにガイルの鉄壁の防護魔法があれば何の問題もねえ」

「荷物番がいないのだけが残念だけどな」

アストンの言葉に、ガイルが軽口をかぶせ、再び皆で笑い合う。

今回の任務に成功すれば、七大貴族の一角とお近づきになれるわけだ。

将来的には貴族の仲間入りも決して夢ではない。

「俺達の輝かしい前途を祝して、乾杯!」

アストンは、グラスを高く掲げた。

討伐の日が、今から待ちきれない思いだった。

第二章　貧民街の顔役達

「ゼノス、暇だね……」

うららかな午後の陽射《ひざ》しの中、受付カウンターのリリが頬杖《ほおづえ》をついて言った。

開業から数日が経過したが、廃墟《はいきょ》街という場所柄、人通りがなく、客足は皆無だ。

「いいじゃないか。おかげで掃除がはかどった」

ゼノスは綺麗《きれい》になった室内を眺めて満足そうに言った。

地層のように積み重なった汚れをこそぎ取り、破損した床や壁を修理すると、随分とまともな住まいになった気がする。

廃材で作ったベッドに、診察机。棚には薬品入りの瓶《びん》や、治癒《ちゆ》に関する本が並んでいる。

無ライセンスなので正式な調達ルートはなく、闇市《やみいち》で手に入れたものだ。

それでも、いくらか治療院らしい雰囲気になった。

自分の居場所が新しくできた気がして、なんだか感慨深い。

まあ、レイスに間借りしている身分ではあるが。

椅子にちょこんと座ったリリが不安げに呟《つぶや》いた。

「そうだけど……リリがお外に行って宣伝してこようか？」

エルフの少女は白いエプロン姿で、ナースキャップをちょこんと頭にのせている。

世の中の治療院には、看護師という看護役がいるらしい。それを真似て白い布を買ってきて、リリが自作したのだった。だが、ナース姿を来客にお披露目《ひろめ》する機会はいまだ訪れていない。

「うーん……下手に宣伝すると、王立治療院に目をつけられるからなぁ」

この国では、王立の治療院が絶大な権力で地域の治療院を管理している。仕事が始まる前から目をつけられると厄介だ。

「でも、このままじゃお客さん来ないよ？」

「心配するな。多分、そろそろ来るはずだ」

「そうなの？」

リリが顔を上げると同時に、入り口の戸がゆっくり開かれた。

「闇《やみ》ヒーラーのゼノスの治療院はここか？」

男が顔を覗《のぞ》かせ、リリが慌てて走っていった。

「わっ、本当に来た。いらっしゃいませ……って、あれ？　この人、見たことがある」

それは、前に定食屋で大火傷《おおやけど》を負っていたリザードマンの男だった。

奥のゼノスが、男に声をかける。

「やっぱり来たな」

「俺《おれ》が来るとわかっていたのか」

「あんたは魔法銃で火傷を負っていた。そんな奴《やつ》は一般人じゃない。そして堅気じゃない奴は、普通の治療院には行けない事情を色々と抱えているもんさ」

貧民街で暮らしていた時に、知ったことだった。

金がなくて治療院に行けない者がいる。そして、金があっても表に出られない者もいる。

闇ヒーラーの出番はそういうところにある。

男はゾンデと名乗った。

「時間がかかっちまったが、あんたを探してたんだ。廃墟街を探索して正解だったな。今日は俺の姉を診てくれないか」

ゾンデが呼ぶと、後ろから若い女が現れた。

腰までの黒髪を後頭部で一つにまとめた、目力の強い美しい女だ。

ゾンデと同じくリザードマンの血が入っているようで、額や頬《ほお》の一部に鱗《うろこ》がついている。

深い緑色の瞳《ひとみ》が、ゼノスをひたと見据えた。

「先生は凄腕《すごうで》の治癒師だと弟に聞いている。診てくれるかい？」

「凄腕かはわからないが、勿論《もちろん》診させてもらう」

「銃で腕を撃たれてね。それから調子が悪いのさ」

席についた女は、躊躇《ちゅうちょ》なく上着をはだけ、右腕を出した。

肩から指先までが、網目状に青紫色に変色している。

ゼノスは傷を一瞥して言った。

「毒の特殊効果が付与された魔法銃だな。体内に残った弾が周りを腐らせていく」

「見ただけでわかるのかい？」

「昔、実験台にされかけたことがあってな」

犯人はアストンだ。

新しい武器の研究のためとか言っていたが、今思えば絶対あいつの暇つぶしだ。

「それはひどい奴もいたもんだね」

「まったくだ。いつか思い知らせてやると、今決意した」

「で、治せるかい？」

「撃たれてすぐなら、弾を取り出せば勝手に治る」

「もう三日は経《た》っているんだけどね」

「だったら、その腕はほとんど死んでいるな。毒が他にまわる前に切り落としたほうがいい」

「そうか……仕方ないか。お代は幾らだい」

諦《あきら》めたように嘆息する女に、ゼノスは言った。

「百万ウェン、だな」

「なんだと⁉」

姉の隣に座っていたゾンデが大声で立ち上がった。

「腕を切るだけで百万ウェンだって？　一体どういうつもりだ」

「まあ、待ちなよ、ゾンデ。しかし、随分とふっかけるねぇ、先生。あたしが疾風のゾフィアと知っても同じことが言えるかい？」

女は弟を片手で制して、長い足を組んだ。

疾風のゾフィア。

リザードマンの盗賊団を率いる、貧民街の顔役の一人だ。

悪徳商人から金を奪って、その一部を貧民に還元する貧民街の英雄でもある。

貧民出身のゼノスも当然聞いたことがある名前だった。

「あんたが疾風のゾフィアか。いきなり随分な大物がやってきたもんだな」

「腕を切るだけで百万ウェンをふっかける、あたしが納得する理由を教えておくれよ。さもなくば——」

ゾフィアの鋭い声色《こわいろ》に対し、ゼノスは淡々と答えた。

「あのな、誰《だれ》が腕を切るだけだと言った？　その後、再生させないと意味ないだろ。再生はかなり疲れるんだよ、もうただ働きはごめんだからな。相手が貧民街の大物だろうが、国王だろうが、労力に見合った対価はもらうぞ」

「……は？」

ゾフィアは口をあんぐりと開ける。

「な、何を言ってるんだい。腕を再生する？　そんな治癒師聞いたことがないよ」

「え？　他の治癒師はできないのか？　冗談だろ？」

なんせ正規教育を受けていないので、常識がわからない。

アストンのパーティにいた時は、防護魔法も併用することで、そもそもメンバーに大怪我《けが》をさせなかったので、滅多《めった》に使うことはなかったが。

「それじゃあ、治療を始めるぞ」

ゼノスは信じがたい顔をしたままのゾフィアをベッドに寝かせた。

「《執刀《メス》》」

右の手の平を上に向けて唱えると、白色の光が集結し、刃物の形に変化する。

「そ、それはなんだい？」

「ん？　魔力で作ったよく切れる刃物だ。清潔だし、出し入れ自由だから便利なんだ」

「そんなものを使う治癒師も聞いたことがないよ」

「そうなのか？　逆にみんなどうやって切ってるんだ？」

ゼノスは言いながら、左手をゾフィアの肩にかざした。局所に自動回復魔法をかけ、痛みをとりながら、右手の魔力の刃物で腐った腕を落とす。後で再生しやすいように、毒のまわっていない組織は可能な限り残し、形を整える。

ごくり、とゾンデが喉《のど》を鳴らす音が聞こえた。

「さあ、本番はここからだ」

出血を防護魔法でおさえてから、回復魔法を多重発動し、傷口の再生を万倍に加速する。

まずは骨。そして神経。血管に筋肉。そして、皮膚。

その都度、魔法の出力を調整しながら、精巧な模型を作るように上肢の回復を促していく。

溢《あふ》れ出す魔力の波動で、光の輪が重なりながら、空中を乱舞した。

そして——ゾフィアの腕は見事に再生した。

「はい、終わり。ああ、疲れた」

リリが持ってきた椅子に、ゼノスはどっと腰を下ろし、大きく息を吐く。

雑な作りで良ければもっと早くできるが、完全に元通りとなるとそれなりに神経を消耗する。

「……心底驚いたね。こんな治癒師、初めて見たよ」

ベッドから体を起こしたゾフィアは、すっかり綺麗になった腕を眺めて目を丸くした。

「とんでもねえな……」

弟のゾンデも驚愕《きょうがく》の表情を浮かべていたが、ふと顔を上げて大声を出した。

「お、おいっ。あれは何だ？」

ゾンデの小刻みに震える指先は、天井《てんじょう》を差している。

天井板《てんじょういた》から、端正な女の顔が逆さまに覗いていた。

「あれか？　あれは同居人のレイスだ」

「レイス⁉　レイスが同居人だとっ？」

ゾンデが驚嘆の声を上げると、レイスのカーミラは舌打ちをして、二階に消えていく。

「ちっ、失敗して死ねばよかったのに……ああ、命が欲しい」

「おっ、おいっ。だいぶ不吉なこと言ってるぞ」

「気にするな。根はいい奴なんだ」

「絶対違うだろ？」

ゼノスとゾンデのやり取りを眺めて、ゾフィアが大笑いする。

「あっはっは、先生はすごいね。それに面白《おもしろ》いよ。気に入った。今後もうちの者がお世話になるよ。勿論きっちり金は払うからさ」

ゾフィアはそう言って、上機嫌で出て行った。

誰にも知られていなかった治癒師ゼノスの名は、こうして水面下で少しずつ広がっていくのだった。

＋＋＋

「ゼノス。紅茶入れたよ」

夜も更けた頃。営業を終えた治療院で、リリが湯気のたつカップを食卓に置いた。

「ありがとう、リリ。気が利くな」

「えへへ、褒めて」

「はいはい」

ブロンドのふわふわした髪をなでると、リリの尖《とが》った耳が嬉《うれ》しそうにぴくぴくと動く。

「ちなみに、なんでカップが三つあるんだ？」

「ゼノスと、リリと、カーミラさんの分」

「あいつ、飲むのかな……」

「勿論、飲むぞ」

「飲むのかよ」

いつの間にか、向かいの席にカーミラが座っている。

姿は半透明だが、物には触れることができるようだ。カーミラは真っ白な指先で、器用にカップを持ち上げ、紅茶を喉に流し込んでいた。

リリはこの最上位クラスのアンデッドにすっかり慣れた様子で、火傷に気をつけるようにカーミラに注意している。「なるほど、確かに気をつけねばな。くくく……」とか答えて、ふーふーと息を吹きかけているが、紅茶で火傷するレイスって雑魚《ざこ》すぎないか。

「それにしても、最近忙しいね、ゼノス」

「そうだなぁ」

疾風のゾフィアの紹介で、彼女が頭領を務める盗賊団のリザードマン達がひっきりなしにゼノスの治療院へとやってきていた。金払いはいいので、営業としてはかなり助かっているが。

「ふん。一人も死なないから、わらわはつまらん」

カーミラはぶつくさ文句を言っているが、紅茶はしっかり飲み干して、二階に消えていった。

「ねえ、ゼノス。どうしてリザードマンの人達はいつも怪我をしてるの?」

「多分、別の勢力と揉《も》めているんだろ」

盗賊団の根城がある貧民街は、人種のるつぼだ。人間だけでなく、多種多様な亜人がおり、同じ貧民同士であっても、種族間の縄張り争いが絶えない。

中でも、亜人の三大派閥と言われているグループがある。

一つがゾフィア率いるリザードマンの派閥。

もう一つが屈強な肉体を誇るオーク族。

「そして、もう一つが、ワー……」

そこまで言ったところで、入り口のドアが派手な音を立てて吹き飛んだ。

「ゼノス、誰か来た！」

慌てるリリと玄関に向かうと、ぽっかり空いた入り口から、斧を持った狼《おおかみ》顔の男達が室内になだれこんできた。

ゼノスは相手の姿を見て、肩をすくめた。

「どうやら、もう一つの勢力のお出ましのようだ」

ワーウルフ。

貧民街でリザードマンやオークと肩を並べる亜人の一大勢力だ。

「ボス、ここですよ」

「ご苦労」

ワーウルフ達の後ろから、一人の女が姿を現した。

顔は人間の血が濃いようで比較的整っているが、指先にはワーウルフであることを示す鋭い爪《つめ》が並び、肩にかかる灰色の頭髪の間から、狼の耳が突き出している。

ふぁさ、と大きな尻尾《しっぽ》が揺れるたび、部下のワーウルフ達の表情に緊張が走った。

「まさかこんなところに治療院があるとはな。貴様が闇ヒーラーのゼノスか」

「そうだけど、あんたは？」

「貧民街のワーウルフをまとめている、リンガだ」

暴君のリンガ。名前だけは聞いたことがある。

裏街の非合法賭博《とばく》の元締めとも言われる女ワーウルフだ。

噂《うわさ》では貴族にも上客がいて、中央とのパイプもあると聞く。

「ったく、次から次へと裏世界の大物ばかり。一応、営業時間は終わってるんだけどな。よっぽどの急患なら診てやるが」

「急患ならここにいる。お前だ、ゼノス」

リンガは冷たく言い放つと、鋭い爪をゼノスに向けた。

「敵対するゾフィアの配下をいくら痛めつけても、なぜかすぐに復活してくる。妙だと思ったのだ」

そこで手下にリザードマンの後をつけさせたところ、この廃墟街の治療院を発見したと言う。

「ゼノスとやら。どうやら、随分と腕がいい治癒師のようだな」

「別に。俺はライセンスもない、しがない闇ヒーラーだよ」

「これから、貴様を殺そうと思う」

「話聞いてる？」

「そうすればゾフィアの部下達を治療する者はいなくなる。そしてリンガはゾフィアに勝つ」

「いや、だから話聞いてるか？」

その獣耳は飾りか？　と、突っ込む間もなく、リンガは手斧《ておの》をゼノスの首に振り降ろした。

ガンッと火花が散るような一撃の直後、リンガの灰色の瞳が大きく見開かれる。

「どうして首が飛ばない？」

「やっぱり全然話を聞かない奴だな。リリ、奥の部屋に下がってろ」

「う、うんっ」

ゼノスは既に防護魔法で体をおおっていた。

アストン達の体罰がきつかったのと、時々凶悪な魔獣から逃げる際の捨て駒《ごま》にされるので、嫌でも覚えなければならなかったのだ。

「馬鹿《ばか》なっ。リンガの斧で全く傷がつかないだとっ？」

実は防護魔法も我流なのだが、前に間違ってドラゴンの巣に入って置き去りにされた時も、無傷で帰れたので多分大丈夫だろう。

リンガとその部下達は、額に汗を浮かべて何度も斬《き》りかかってくる。「むがぁぁ」とか「おがぁぁ」とか雄たけびを上げながら、牙《きば》を剝《む》き出しにして、必死な表情を浮かべている。

なんだか、だんだん不憫《ふびん》に思えてきた。

「なあ……もういいか？」

「よ、よくないっ。仕方ない。お前達、建物を壊せっ」

「イエス、ボス！」

リンガの号令で、部下のワーウルフ達が、手斧で家具や壁を壊し始めた。

「あっ、おい。それはやめといたほうがいいぞ」

「ふははは っ、貴様を殺せないなら、治療の拠点をなくしてやる。ワーウルフを甘くみるとこうなるのだ」

確かに防護魔法は生き物にしか適用できない。

だが、問題はそこではないのだ。

「あーあ……知らないぞ。俺はここの居候にすぎないんだからな」

「は……?」

リンガ達は、いつの間にか周囲が凍えるような冷気につつまれていることに気づいた。

奥の壁に、髪の長い女が立っている。

「ひっ……」

と、ワーウルフ達が息を呑む音が聞こえた。

カーミラの夜を溶かし込んだような黒い瞳がみるみる落ちくぼみ、その姿が膨れ上がる。

「レ、レイス！　レイスだっ！」

誰かが叫んで、ワーウルフ達は出口に殺到した。

しかし、パニックのせいか、互いに押し合ってなかなか外に出られない。レイスというのは彼らにとって、相当恐ろしい魔物のようだ。最近忘れかけていたが、思い返せば、レイスに出会ったら終わりだとリリが言っていた。

カーミラはゆっくり浮かび上がって、両手を広げた。

禍々《まがまが》しいオーラが津波のように空間に満ちていく。

「わらわの根城をよくも。許さん……」

ひぃぃぃっとワーウルフ達の悲鳴が轟《とどろ》いた。

「待て、カーミラ」

ゼノスの言葉で、カーミラはぴたと動きを止める。

「気持ちはわかる。俺だってせっかく掃除した治療室を傷つけられて正直イラついてる」

「だったら、いいではないか。こいつらの命を寄越《よこ》せ」

「二階はお前の部屋だ。こいつらが二階に行ったら好きにしろ。だが、一階の治療室は命を救う場所だ。奪う場所じゃない」

「……」

カーミラはゼノスを無言で睨《にら》みつけた。

ひりひりした圧を肌に感じながら、ゼノスはカーミラをまっすぐ見つめる。

レイスは空中でしばらく止まった後、やがてこう言った。

「……ふん。わかっとるわ。ああ、忌々《いまいま》しい」

「怒ってくれてありがとうな」

「貴様のためではない。わらわのためじゃ」

そして、カーミラは二階へとゆっくり消えていく。

「ここは、前より少し居心地がよくなったからな」

「レイスが……言うことを聞いた……？」

床にへたりこんだリンガは、呆然《ぼうぜん》と呟いた後、突然床に頭をこすりつけた。

「ゼ、ゼノス殿、すまないっ。まさかゼノス殿がレイスの主君だったとは」

「別に主君じゃないが……」

「我らワーウルフは元々夜の眷属《けんぞく》。レイスやヴァンパイアといった上位存在には本能的に恐怖を抱くのだ。そのレイスを従えるゼノス殿になんたる失礼をっ」

「だから、従えてるわけじゃないが……」

「そうだ、お前達土下座しろっ。ゼノス殿に誠意を示すのだ」

「イエス、ボス！」

「そういえば、こいつ話を聞かない子だった！」

土下座するワーウルフの集団に囲まれて、ゼノスは深い溜《た》め息《いき》をつくのであった。

＋＋＋

ワーウルフのリンガ達がやってきてから五日後。

昼下がりに現れたのは、豚と猪《いのしし》を混ぜたような顔の男だった。

「闇ヒーラーのゼノスだな。オーク族の首領、レーヴェ様がお呼びだ」

診察机に座ったゼノスは、右手をおもむろに額に当てた。

「やっぱりそう来るかぁ……」

「ゼノス、なにがやっぱりなの？」

「リザードマン、ワーウルフと来れば、次はオークって訳だ」

きょとんとするリリに、ゼノスは軽く息を吐いて言った。

治療院を始めて一月《ひとつき》もたっていないのに、これで貧民街を支配する亜人の三大勢力全《すべ》てと関《かか》わりを持ったことになる。

しかも、オーク族首領のレーヴェと言えば、魔石採掘で財をなした大物だ。

別に有名人に関わりたいわけではないのに、なぜこうなるのだろう。

「ちなみに、あんたらの首領はまともな奴なんだろうな？」

「愚弄《ぐろう》するかっ。レーヴェ様は聡明かつ崇高なる威厳に満ち満ちたお方であるぞっ」

使いのオークが顔を真っ赤《まっか》にして怒り出す。

「それならいいんだが……」

なんせ、リザードマンのゾフィアは毎日豪華な贈り物を届けてくるし、ワーウルフのリンガは建物を傷つけた詫《わ》びと言って、勝手に隣に荘厳な宮殿を作ろうとする（勿論、断った）。闇営業だから目立つのは駄目だと何度も言ってるのに、あいつらは全く聞く耳を持たないのだ。

オークのレーヴェはまともだと聞いてとりあえず安心した。

「ところで、どうして本人がこないんだ？」

「笑止。ここにはリザードマンとワーウルフが出入りしているそうじゃないか。敵対勢力の中に、むざむざレーヴェ様をお連れできると思っているのか」

「あんたらの対立は、俺には関係ないんだがなぁ」

ゼノスは溜め息をついた後、ふと真面目《まじめ》な顔つきになった。

「……重症なのか？」

「動けない状態だ」

「それを先に言え」

自分で動けない患者なら、往診もやむなしだ。

リリとカーミラに留守を任せ、ゼノスは治療院を後にすることにした。


「この奥だ」

その後、ゼノスは貧民街の一角に連れて行かれた。

背後に岩山がそびえ立ち、岩盤をくりぬいた洞窟《どうくつ》が幾つも並んでいる。魔石の採掘場と、住居を兼ねたオークの根城だ。オークの縄張りに不用意に近づく者などいないため、貧民街に住んでいた時には足を踏み入れたことはなかった。

「レーヴェ様、闇ヒーラーのゼノスを連れてきました」

「よく来たな。我がレーヴェだ」

奥の玉座に座る女が、よく通る声で言った。

思ったより若い。女にしては大柄で、褐色の肌に栗色の髪、燃えるような赤い瞳が印象的だ。

しかし、口元の鋭い牙は確かにオークのものだった。

剛腕のレーヴェ。さすがに大物らしく、かなりの威圧感がある。

周囲に控えた大勢の部下達が、こちらを値踏みするような視線を送ってきた。

「あんたがレーヴェか。俺のことをどこで知った？」

「どこもなにも、おぬしは貧民街の裏社会では有名人だ」

「え、そうなの……？」

「リザードマンとワーウルフが、超すごいヒーラーがいるんだぜぇ、目立ったら駄目だから教えねえけどなぁ。と言いふらしているぞ。だから、気になって調べていた」

「あいつらぁぁ……！」

結局、目立ってるじゃねえかぁぁ！

あれだけ目立つのは駄目だと言ったのにぃぃ。

がっくりと膝《ひざ》を折るゼノスを、レーヴェはじろりと睥睨《へいげい》する。

「おぬしは、金さえ払えば、それに見合った治療を提供すると聞いている」

「ただ働きはもう勘弁なんでね」

「我は今動けずに困っているのだ。おぬしに理由がわかるか？」

どうやら、試されているらしい。

ゼノスはやれやれと肩をすくめ、レーヴェに手をかざした。

「《診断《スキャン》》」

白い線状の光が、レーヴェの頭から肩までを通り抜ける。

「何をしている？」

「外傷はなさそうだから、体の中をチェックしている」

「そんな治癒師、聞いたことがないぞ」

「え、逆に体の中もわからず、みんなどうやって治癒するんだ？」

外傷なら見たまま治せばいいが、体内はそうもいかない。

あっけにとられた様子のレーヴェをよそに、ゼノスはスキャンを続ける。

「腹の中に硬い塊があるな。魔力の波動を感じる。これは魔石か？」

「素晴らしいな、その通りだ。我の腹には、魔石がある。それも特大威力の【爆発《エクスプロージョン》】のな」

魔石とは魔素の結晶で、これを使えば魔法と似た効果が得られる。

中でも【爆発《エクスプロージョン》】は攻撃用魔石の最上位クラスだ。

そんなものが腹の中にあるとは、穏やかではない。

「まさか、誰かに盛られたのか？」

「いや、握り飯と間違えて食べてしまった」

「馬鹿なの？」

「こう見えて、我は食いしん坊なのだ」

「知らんわぁっ！」

なにが、聡明かつ崇高なる威厳に満ち満ちたお方だ。

疾風のゾフィア。暴君のリンガ。剛腕のレーヴェ。

貧民街にいた時は影すら踏めない相手だったが、蓋《ふた》を開けてみれば全員ただの変人だった。

真面目に聞いて損した。

「あほらしい。ほっとけばそのうち下から出てくる」

「そうもいかん。食べた時に、外殻の一部を嚙《か》み砕《くだ》いてしまったからな。爆発までそれほど時間がない。しかも、迂闊《うかつ》に刺激を与えても爆発する」

「……」

ゼノスはわずかに背筋を伸ばして、目を細める。

「なるほど。だから、動けないわけか」

レーヴェは頷《うなず》いて、真剣な表情で続けた。

「困ったのは、部下達が我のそばを離れないのだ。爆発するとこいつらを巻き込んでしまう。しかし、言ってもきかないし、追い払おうにも我は動けない」

「首領、死ぬ時は一緒です。俺達がお供します！」

オーク達は、レーヴェのまわりから動こうとしない。握り飯と間違って【爆発《エクスプロージョン》】の魔石を食べたイタイ首領のくせに、人望はあるようだ。

「で、俺にどうしろと？」

「おぬしに我らの財産を寄付したいのだよ」

レーヴェは思わぬことを口にした。

「これが爆発すると、我らは死ぬだろう。貧民街のオーク族は今日で終わりだ。残った財産はすぐに盗賊共に取り尽くされるだろうから、その前に、我らの財を役立ててくれる相手に譲っておきたい」

「俺は初めて会ったばかりだぞ。そんな相手にどうして？」

「どうせ同族以外に信頼できる相手などおらん。おぬしは中立の立場だし、結構な対価を要求する割に、子供はただで診るらしいじゃないか。我は子供が好きだからな」

レーヴェは金色の鍵《かぎ》を指で弾《はじ》いてゼノスによこした。

「宝物庫は裏の岩山の洞窟にある。それを使え」

「我らレーヴェ様の配下、あの世までついていきます！」

部下のオーク達は感極《かんきわ》まって泣いている。

ゼノスは宝物庫の鍵を指先でつまんで、ぼんやりと眺めた。

「……その魔石を食ったのはついさっきか？」

「ああ。食べてからすぐに部下におぬしを呼びにいかせたからな」

「《診断《スキャン》》で見ても、まだ胃の中にあったな」

ゼノスは右の手の平を上に向けた。

「《執刀《メス》》」

魔力が凝集し、白く光る刃物の形になる。

「じっとしてろよ。舌を噛《か》むんじゃないぞ」

言いながら、すたすたとレーヴェに近づくと、切っ先を腹部に突き立てた。

「レーヴェ様ぁぁっ！」

「貴様ぁ、何をするっ！」

取り巻きの部下達が、襲いかかってきたが、ゼノスが掲げた手を見て動きを止めた。

そこには、赤く明滅する魔石があった。

レーヴェが腹を押さえて、まばたきをする。

「い、今何をした？」

「別に。腹を切って魔石を取り出した。で、傷を完全に塞いだ」

信じられないといった顔で、オーク族の首領は自身の腹を撫《な》でた。

「そ、そんなことができるのか……」

「無ライセンスだから、この程度しかできないがな」

そこでレーヴェは気づいたように叫んだ。

「だ、だが、刺激を与えたら爆発するぞっ」

「そうだったな」

ゼノスは魔石を両手に包み込んだ。

直後――、ボグァァアンッ、と巨大な爆発音が手の中で鳴り響き、岩山が揺れた。

小さな瓦礫《がれき》が、頭上からぱらぱらと降ってくる。

「む、無傷だと……？」

「手の平を防護魔法で覆《おお》った。でもちょっと痛かったから、回復させた。はい、終わり。感動的なシーンを中断して悪いが、この程度で呼びつけられても困る。宝物庫の鍵は返しておくぞ」

「なんという奴だ……」

レーヴェは感嘆した様子で呟いた。ゼノスが投げて寄越した鍵をしげしげと見つめる。

「しかし、黙っていれば、我らの財が手に入ったものを」

「言っただろ。俺は労力に見合う対価を要求する。この程度の労力じゃ、あんたらの財産には見合わない」

「はっ。はははははっ」

オーク族の首領は、手を叩《たた》いて大笑いした。

「気に入ったぞ、闇ヒーラーのゼノスっ！　おぬしはオーク族の恩人だ。おぬしの身に何かあれば、我らはいつでも馳《は》せ参じよう」

「いや、むしろ来ないでほしい」

「ははは、謙遜《けんそん》するな。なんなら我ら全員で、おぬしの治療院を一日中警備してもいい」

「それは、まじでやめろぉぉ！」

なぜだ。目立ちたくないと言っているのに、また厄介な奴が増えた……！

「しかし、安心したら、腹が減ったな。ゼノス、握り飯でも一緒にどうだ？」

「握り飯だけはやめとけ？　次は絶対助けないからな？」

こうして、想《おも》いとは裏腹に、ゼノスは裏社会の有力者達に次々となつかれていくのであった。

＋＋＋

「むぅ……」

朝を迎えた治療院。

受付カウンターにちょこんと座るリリが、眉根《まゆね》を寄せてうなった。

ブロンドの髪が隙間風《すきまかぜ》にふわふわと揺れている。

「難しい顔をしてどうしたんだ、リリ」

「ゾフィアさんと、リンガさんと、レーヴェさん、最近よく来るなぁって……」

言われてみればそうかもしれない。貧民街の顔役でもある三人の女首領達は、確かにここしばらく治療院にちょくちょく顔を出していた。

【月】の曜日はゾフィア。

【水】の曜日はリンガ。

【金】の曜日はレーヴェ。

対立している関係のため、互いが顔を合わせないよう、暗黙の了解で来院曜日はずれている。

「というか、怪我もしてないのに、あいつら何しに来てるんだろうな」

派手な身なりで目立つから、正直困るのだが。

「ゼノスは、なんでみんなが来てるかわからないの？」

「よっぽど暇なんだろうな」

「違うよぅ。えらい人達なんだから、絶対忙しいはずだよ」

「じゃあ、ますますわからんぞ」

……まさか嫌がらせ、か？

「そうじゃなくて、多分――」

リリは口をもごもごさせている。

「『恋』だな。くくく……」

「お前はいつからいたんだ？」

いつの間にか、カーミラが治療室のベッドに腰を下ろしている。

レイスは白い足を組み、紅い唇の端を引き上げた。

「あの女どもは、貴様に惚《ほ》れているのだろうよ。ゼノス」

「はあ？　馬鹿《ばか》言うな。そんなことある訳ないだろ。こちとら無ライセンスのしがない闇ヒーラーだぞ」

「くくく……わらわの目はごまかせん。天井からこっそり覗いておったが、あれは恋する乙女の瞳じゃ。伊達に三百年、生きておらんわ」

いや、お前は死んでるだろ。

というか、なにこっそり覗いてるんだよ。

「リリ……ちょっと心配」

「なんでリリが心配するんだ？」

「だ、だって、みんな美人だし……」

「いかに外見がよかろうが、もれなく中身に難があるぞ」

ベッドに座るカーミラが、笑いをかみ殺した。

「……くくく。この分では、三大亜人がゼノスを取り合って本格的な戦争を起こす日も遠くはあるまい」

「そんな訳あるか。あほらしい」

カーミラはふわりと浮き上がった。

「リリ。貴様もせいぜい頑張って、わらわを楽しませるがよい」

「で、でもリリは子供だし、みんなみたいな色気もないし……」

「くくく、恋する乙女は美しい」

「あ、ありがとう、カーミラさん」

ひーひっひひひ、と笑いを残して、カーミラは二階へ消えていった。

何しに来たんだ、あいつは。

それにしても、三大亜人が自分を取り合って戦争？

馬鹿馬鹿しすぎて、笑う気にもなれない。

＋＋＋

「先生。あいつらと戦争しようと思ってるのさ」

「……は？」

【月】の曜日。

朝一番に姿を現したリザードマンのゾフィアはそう言った。

「リンガもレーヴェも前から気に食わない相手だったしねぇ。そろそろ亜人の盟主が誰なのか教えてやろうと思ってね。そこそこ手強《てごわ》い相手だけど、敏捷性《びんしょう》ならリザードマンが一番さ」

「いや、あのな……」

ゼノスが言葉を継ぐ前に、「それで先生」とゾフィアは上目遣《うわめづか》いを向けてきた。

「できれば、リザードマン側についてくれないかい？　戦いの間、先生が治癒してくれればあたしらは無敵だよ」

「悪いが、それはできない。一勢力に肩入れすると今後の営業にも影響するしな」

「そうかい……残念だけど、それも道理だね。じゃあ、せめてワーウルフとオークの側にはつかないでおくれよ」

ゾフィアは贈り物の果物を大量に置いて、去って行った。

「……」

「……なんで無言で俺を見るんだ、リリ？」

「ゼノスを取り合って戦争が起きる」

「いや、たまたまだろ。って、おい、カーミラ。天井からほくそえんで見てるんじゃない」

「くくく……」

カーミラの顔がゆっくりと天井板に消えていく。

さすがに少し驚いたが、おそらくゾフィアが勝手に言ってることだろう。

全面戦争なんてそう起こるもんじゃない。

とりあえず忘れることにして、ゼノスは治療を続けることにした。

＋＋＋

「ゼノス殿。あいつらと決着をつけることにした」

「……え？」

【水】の曜日。

朝一番に姿を現したワーウルフのリンガがそう口にした。

「ゾフィアもレーヴェも最近調子に乗っているから、リンガがお灸《きゅう》を据える必要がある。手強《てごわ》い相手だけど、攻撃力ではワーウルフに分がある」

「いや、ちょっと待て……」

ゼノスが言葉を続ける前に、「それでゼノス殿」とリンガは鼻をくんくんさせて、顔を近づけてきた。

「ワーウルフ側についてほしい。ゼノス殿の治癒魔法があれば、我らの勝ちは間違いない」

「悪いが、それはできない。一勢力に肩入れすると今後の営業にも影響するしな」

「そうか……残念だけど、仕方がない。せめてリザードマンとオークの味方はしないでほしい」

リンガは贈り物の生魚を大量に置いて、去って行った。

「……」

「……いや、だから、偶然に決まっているだろ、リリ。それに、天井から首が突き出ていると怖いから、カーミラはそろそろ覗きをやめような?」

無言のリリと逆さまに顔を出したカーミラにそう言って、ゼノスは頭をかいた。

まったく、ゾフィアも、リンガも何を考えているんだ。

おそらくたまたま頭に血がのぼっているのだろう。

時間をおけば、さすがに落ち着くはずだ。

+++

「ゼノス。あいつらを滅ぼすことに……」

「待て待てぇっ!」

【金】の曜日。

朝一番に姿を現したオーク族のレーヴェに、ゼノスは食い気味に言葉をかぶせた。

「いいか、あのな――」

「ゾフィアもリンガも手強い相手だが、耐久力では我らが最も秀でている。それで、ゼノ……」

「つかないっ。俺はどこにもつかんぞ」

「さすが、ゼノスだ。まるで我が何を言おうとしているか、知っていたかのようだ」

「知ってるんだよ。この似た者同士がぁぁっ！」

実は気が合うんじゃないのか、この三人。

戦争は次の【日】の曜日の正午。

場所は貧民街の外れにある闘技場跡。

レーヴェはそう告げて、贈り物の獣肉を置いて去っていった。

あっけに取られていると、後ろのカーミラが腕を組んで、ぼそりと呟いた。

「くくく、三大勢力の全面戦争とはな。貴様がモテたせいで、たくさん死ぬぞぉ……」

「めちゃめちゃ嫌な言い方するな？」

「むぅぅぅ」

「そして、リリはどうして膨れっ面をしているんだ？」

なぜ……どうしてこうなった？

ゼノスは机に肘をついて、頭を抱えた。

今、一人の闇ヒーラーを巡る三つ巴《どもえ》の女の闘いが始まろうとしていた――

＋＋＋

来る【日】の曜日の正午前。

決戦の舞台となるのは、貧民街の外れに佇《たたず》む闘技場跡。

かつてはここで公然と貧民同士を殺し合わせる余興が行われていたという。

隣国のマラヴァール帝国が力をつけ、国境警備に亜人の男達が駆り出されるようになって、その風習は廃れていき、今や苔《こけ》や蔦《つた》におおわれたコロセウムは、過ぎ去りし歴史を静かに伝えるだけだった。

そんな闘技場が、この日、かつての熱狂すら超える賑《にぎ》わいをみせている。

三方に位置するのは、貧民街を支配する亜人の三大勢力。

頑強な鱗を陽光に煌《きら》めかせるリザードマン。

総毛を逆立て獰猛《どうもう》に唸《うな》るワーウルフ。

屈強な肉体を躍動させるオーク。

互いが互いを睨み合《あ》い、激しい殺気を飛ばし合っている。

「わざわざ殺されによく来たねぇ。今日こそは誰が一番上かはっきりさせてやるよ」

リザードマンの先頭。黒髪を風になびかせた疾風のゾフィアが声を張り上げた。

「冗談きつい。私が今までどれだけ甘くしてやっていたか、貴様らは思い知るだろう」

ワーウルフの最前衛で、暴君のリンガが遠吠《とおぼ》えを響かせる。

「愚かだな。オークの本気に勝てるとでも思っているのか。今日がおぬしらの命日だ」

数多《あまた》のオークを背後に従えた剛腕のレーヴェが、腕を組んで高らかに宣言する。

大気がびりびりと振動し、一触即発の気配を帯びる。

そして、正午を知らせる鐘が鳴り響いた。

瞬間、三つの勢力は同時に駆け出し――

「ちょっと待ったぁぁぁっ！」

先頭集団がぶつかる直前、空気を割るように男の声が鳴り響いた。

闘技場の観覧席。逆光の中に立っているのは、漆黒の外套をまとった黒髪の男。

そばには小柄なエルフの少女が付き添っている。

「……先生っ」

「ゼノス殿っ」

「ゼノスか」

三人の女首領が、顔を上げて言った。

しかし、彼女達は完全に歩みを止めることはなかった。

「まさか戦いを止めに来たのかい。先生のことは敬愛しているけれど、もう止まらないよ」

「そうだ。ゼノス殿のことは慕っているが、これぱっかりは無理」

「ああ。おぬしの言うことは何でも聞くつもりだが、これだけは許してくれ」

「ゼノス、どうしよう。ゼノスが言っても止まらないよっ」

おろおろと不安げなリリを横目に、ゼノスは三人にきっぱり言った。

「ああ、わかってる。俺は別に戦いを止めに来たわけじゃない」

「え？」

「俺だって、伊達に貧民街で育ったわけじゃない。お前達が簡単に引けないのはわかっているさ」

そもそもリザードマンとワーウルフとオークは、長い間、貧民街の覇権を争ってきた。

それは絶え間ない衝突の歴史であり、積もり積もった怨嗟《えんさ》の記憶でもある。

あいつが殴った。あいつが蹴《け》った。あいつが撃った。あいつが殺した。

三つの民族の間には、言葉にできないほどの、複雑で絡《から》み合った想いがある。

ゼノスを巡る女の対立は表面的なきっかけにすぎず、底には種族同士の堆積した怨恨《えんこん》の歴史が横たわっている。三者の間にはいつでも暴発しうる張り詰めた空気が常に漂っているのだ。

「そんな状況に、異種族の俺が口出しする権利なんかある訳がない。俺は一介の闇ヒーラーにすぎないからな」

「ゼノス、でもっ」

リリは戸惑っているが、ゼノスはさらに畳みかけた。

「だから、存分にやれ。気が済むまでな。俺はそれを言いに来た」

「ええっ……」

絶句するリリとは反対に、三人の女首領は、互いに殺気を含んだ目線を絡み合わせた。

「先生のお墨付きが出たね。徹底的にやろうじゃないか。生き残った一人が先生を手に入れるってのはどうだい」

「乗った。もうリンガが勝ったようなものだ」

「ゼノスの貞操を頂くのは、我だぞ」

「ゼノス、それ本当……？」

「いや、そんな約束はしてないからな？」

ゼノスがリリに必死の弁明をした瞬間――

うおおおおおおおおおっ!!

三つの勢力が、闘技場の中央で衝突した。

肉と肉がぶつかる生々しい音が轟き、巨体が跳ね飛んだ。

叫び声。唸り声。断末魔が交錯し、血しぶきが舞う。

互いに対する積年の恨みが、膨大なエネルギーのうねりとなって、コロセウムに吹き荒れた。

止まらない。

止められなかった。

渦巻く悔恨と、あまりに凄惨《せいさん》な光景に、リリは思わず目を覆い隠す。

だが――

だが、しかし――

終わらない。

終わらないのだ、戦いが。

数刻が経過しても、戦闘は全く終わる気配を見せなかった。

形勢は三者互角のまま、勝者も敗者も決まらぬままに、時間だけが過ぎ去っていく。

中天の太陽はいつしか西に傾《かたむ》き、空は焼けるような赤みを帯びていた。

鈍い疲労だけが体に蓄積し、混戦模様の戦いは次第に停滞してくる。

「なっ、なんでだ。全然、倒せねえ」

「くそっ、殴っても、殴っても起き上がってきやがる」

「三十人以上は叩き斬ったはずなのに、なんでだよっ」

「そもそも、これだけやって、なんで敵が減ってねえんだよ」

「というか――」

「傷が……いつの間にか、治っている?」

その瞬間。

闘技場の全視線が、観覧席で仁王立《におうだ》ちになっている男に向けられた。

「……言っただろ。俺は戦いを止める気はない。勝手にやれ。俺には関係ない話だ」

ゼノスは腕を組んだまま、続けて言い放った。

「だが、お前らは俺の患者でもある。だから怪我をしたら勝手に治すぞ。なんせ俺は闇ヒーラーだからな」

言葉が、消えた。

音が、消えた。

熱気が――……消えた。

闘技場は、まるで時が止まったような静寂に包まれた。

「……なるほどねぇ。無我夢中すぎて今頃《いまごろ》気づいた自分の馬鹿さにあきれるねぇ。先生はずっと先生の仕事を果たしていたってことかい」

疾風のゾフィアは、ぺたんとその場に座りこんで肩を揺らした。

「だけど、こんな長い時間、この人数を同時に治癒し続けるなんて、聞いたことがない……」

暴君のリンガは呆然《ぼうぜん》と呟いて、膝をつく。

「特定勢力に肩入れしないと言っていたが……まさか全員に肩入れするとはな。しかし、これでは終わりがないではないか」

剛腕のレーヴェが肩で息をしながら言った。

ゼノスは闘技場を見下ろしながら、淡々と口を開く。

「そう。終わりがないんだ。あいつが殴った。だから復讐《ふくしゅう》する。こいつに蹴られた。だから復讐する。終わりなんてないんだよ。まだ続けるか？　だったら、俺もとことん付き合うぞ。もちろん治療代はきっちりもらうがな」

「……」

「……」

「……」

長い沈黙の後、三人の女リーダーは、同時に大笑いする。

「はっ……あははは。確かにそうだね。終わりなんてないのに、私達は一体何をやっていたんだろうね」

「……急に馬鹿らしくなってきた。こんなことやっていても疲れるだけだ」

「はっはっは。これだけ暴《あば》れたら、なんだか気が済んでしまったな」

全力で殴った。思い切り蹴られた。

腹の底から吠《ほ》えた。気の済むまで叫んだ。

怒りも。恨みも。憎しみも。

体の奥底に沈殿していた膿《う》んだ熱は全て出し尽くしてしまった。

闘技場を覆い尽くしていた殺気は、いつしか煙のように綺麗に消え去っている。

三人の女首領は、浅く溜め息をついて、夕焼け空を仰《あお》いだ。

「……仕方ない。先生もああ言ってるし、今日は店終《じま》いだね」

「ワーウルフは、異論はない」

「許しも強さ。古いオークの言葉だ」

ためらいがちに中空を彷徨《さまよ》った三つの拳《こぶし》が、中央で重ねられる。

全てを出し切った各種族の配下達も、互いに互いの健闘を称《たた》え始めた。

三人の女達は、目を合わせて口元を緩《ゆる》めた。

「これであたし達が今後争う理由は一つだけだねぇ」

「それはリンガが一歩リードしている」

「その戦いだけは負けられないいな」

「あいつら、何を言ってるんだ……？」

「むぅ。ゼノス、やっぱりもてる」

リリがぷぅと頬を膨らませた。

「でも、ゼノスはどうして、こんなこと？」

「ああ、貧民街にいた頃に出会った治癒師が言ってたんだよ。治癒師は怪我を治して三流、人を癒《い》やして二流、世を正してこそ一流だって」

「その人、すごい」

「まあ、変わってたけど、すごい人だったな。だから、俺も三流なりに貧民街を少しでもいい方向にできたらと思ってな」

「ゼノス、格好いい……！」

「というのは建前《たてまえ》だ」

「建前なの？」

「なんせ、あいつらは場末の治療院の上客だからな。こんなしょうもないことで失ってたまるか」

「……嘘《うそ》つき」

リリは小さな声で言った。

だって、三つの種族が仲良くなってしまったら、小競り合いによる怪我人がいなくなって、収入だって減るのだ。それがわかっていないはずがないのに。

リリはゼノスの袖《そで》をぎゅっと摑《つか》んだ。

「ねぇ、ゼノス」

「なんだ？」

「リリはね、ゼノスが大好き」

「ん？　俺もリリが好きだよ」

「むぅ……。リリの好きはそういう好きじゃない」

「じゃあ、どういう好きなんだ？」

「な、なんでもないっ」

ゼノスはその場で踵《きびす》を返した。

「じゃあ、金もらって帰るか、リリ」

「お金はもらうんだ」

「当然だ。これだけの人数を治癒し続けるの大変なんだぞ。もらうもんはきっちりもらう」

夕日を浴びる二人の影が、地面に濃く刻まれる。

リリはゼノスの袖を握ったまま、くすくすと笑った。

「ふふ、カーミラさん、誰も死ななくて悲しむかな」

「そうかもな。いい気味だ」

「……でも、多分喜ぶよ。えへへ」

こうして、一介の闇ヒーラーは、連綿と続いた貧民街の対立を終わらせてしまった。

そして、この出来事は、追放治癒師であるゼノスの未来をもまた、大きく変えていくのだった。

閑話二　その頃《ころ》アストンのパーティは（Ⅱ）

緑の平原を、一台の馬車が疾走していた。

黄金の毛並みを風にたなびかせた馬が引くその馬車は、壮麗な意匠を凝らした、世にも美しい外観をしている。

「最高の気分だな」

馬車の内部で、葡萄酒《ぶどうしゅ》を口にしながらゆったりと足を伸ばしたのは、アストンだ。

補助魔導師《まどうし》のガイルが、窓に広がる青い山並みを眺めながら言った。

「しかし、クエスト中とは思えないな」

「これこそが俺《おれ》達に相応《ふさわ》しい扱いってことだ」

なんせ今回は七大貴族の一角であるフェンネル卿からの直接の依頼なのだ。

装備から何からが潤沢な資金で賄われ、討伐《とうばつ》対象のファイアフォックスがいる北方雪原の洞窟《どうくつ》まては、豪華な馬車の送迎がつくという好待遇。王都からは十日以上かかる道のりだが、各宿場町で高級宿が予約され、一行は煌《きら》びやかな旅を楽しんでいた。

「まるで貴族にでもなったみたいだな」

「実際、俺達は引退後には貴族になるんだよ」

弓術士《きゅうじゅつし》のユーマの言葉に、アストンはくいとグラスを傾けて応じた。

冒険者パーティは実績に応じてランク付けされる。

A級魔獣を何体も討伐したアストンのパーティは、現在ゴールドクラス。どんな強敵相手でもほとんど傷を負わずに倒すことから、【黄金の不死鳥《ゴールデン・フェニックス》】のパーティネームで呼ばれている。

「このままいきゃあ、最上位のブラックにもいずれ手が届く」

ブラッククラスはいわば国家的な功労者であり、引退後は貴族になる資格を手にできる。

実際、王立治療院の院長をはじめ、国家中枢の要人には、引退後に貴族となったブラッククラスの元冒険者が少なからずいる。最終的な貴族入りには、複数の推薦者が必要ではあるが、フェンネル卿ほどの大貴族と仲良くしておけば、その条件も難なくクリアできるだろう。

「しかし、俺達も出世したもんだ」

「昔はダンジョンまでひーこら歩いて行ってたもんな」

「まあ、荷物持ちがいたから、それほど移動は大変じゃなかったけどな」

皆が一斉に大笑いする。

「それにしても、アストンは大した奴《やつ》だぜ。貧民街のガキをパーティに入れると聞いた時は耳を疑ったが、飯は残飯でいい、宿は野宿でいい、料理番に荷物持ち、いざとなったら捨て駒《ごま》。要は金のかからない奴隷を手に入れたようなもんだよな」

「はっ。ゼノスはいい捨て石になってくれたよ。あいつもいい夢を見ただろう」

アストンは深紅に染まった葡萄酒を満足そうに眺めた。

ゼノスはどうしているだろうか。

このパーティにいたなどと言いふらさないよう口止め料としての手切れ金は渡したが、その必要もなかったかもしれない。所詮《しょせん》は貧民。まともな仕事はないし、誰《だれ》の相手にもされないだろう。俺に拾われた時代が一番幸せだったと感謝しながら、今頃《いまごろ》は道端で野垂れ死んでいるはずだ。

その時、馬車が急停止した。

「おい、どうしたんだ。葡萄酒が鎧《よろい》にかかっただろうが」

声を荒らげるアストンに、馬車の御者が言った。

「失礼しました。野良《のら》の魔獣が現れました。退治願えますでしょうか」

「ったく、気分よく飲んでたってのによ」

アストン達は苦々しい思いで馬車を降りる。

道の先で、角の生えた大柄なうさぎ風の魔獣が五匹、唸《うな》り声を上げていた。

「ホーンラビットか。D級魔獣ごときが、俺様の進路を遮《さえぎ》るんじゃねえよ。仕方ねえ、さっさと片づけるぞ」

アストンは剣を抜き、ユーマが弓をつがえ、アンドレスは杖《つえ》を構え、ガイルは護符を握った。

――戦闘開始。

アストンは踊りかかってきたホーンラビットの一撃を受け止める。

ガギッ！

想像より重い衝撃が、体に伝わった。

「ぐっ、この……」

押し返して、切り伏せようとするが、敵は思ったより素早い。

結局、五匹を討伐し終えるのに半刻ほどもかかってしまった。

体が重い気がする。さすがに少し飲みすぎたか。

「ったく、手間かけさせやがって」

悪態をつきながら馬車に戻ろうとした時、後ろからユーマが声をかけてきた。

「おい、アストン。腕を怪我《けが》してるぞ」

「あぁ？」

確かに肘の辺りに、血が滲《にじ》んでいる。

「ちっ、俺としたことが油断しちまった」

舌打ちしながら、ふと思う。

そういえば、戦闘で傷を受けたのは、いつ以来だろうか。

胸の奥に、ざわと何かが蠢《うごめ》いた気がした。

棘《とげ》のような、小さな違和感。

しかし、その正体が何なのか、この時のアストンはまだわかっていなかった。

閑話三　昼下がりの女子会

「それにしても、先生って一体何者なんだい？」

穏やかな昼下がり。治療院の食卓に腰を下ろしたゾフィアがリリに尋ねた。

「うーん、リリもよく知らない。貧民街で育って、偶然すごい治癒師《ちゆし》に会って、治癒師を目指して、冒険者の人に声をかけられて、パーティに入ったけど追放されたことくらい」

「ゼノス殿を追放？　そのパーティ大馬鹿《ばか》だ」

「我には信じられぬ。そんなアホが世の中にいるのか」

呆《あき》れた様子のリンガとレーヴェに、ゾフィアが頷《うなず》いて同意を示す。

「あの治癒魔法は常識では考えられないからねぇ。一体どうやって身に付けたのかねぇ」

「貧民街にいた時に覚えたみたいだけど、リリも詳しいことは聞いてないの」

「ゼノス殿は防護魔法も使ってた。リンガの手斧《ておの》が全然きかなかったし、あれはどういうこと？」

「パーティでよく捨て駒《ごま》にされたから覚えたって」

首をひねるリンガに、リリが頰《ほお》に指を当てながら答える。

「覚えたって……そんな簡単なものなのかねぇ。まさか他にも魔法が使えるのかい？」

「リリは見たことないけど、能力強化魔法もかじったことがあるって」

「治癒に防護に強化……たくさんあって、リンガの頭はパンクしそうだ」

「一番得意なのは治癒魔法だけど、防護魔法も能力強化魔法も、体の機能を強めることだから基本は一緒だって言ってた」

「我には理解不能だが、すごいことだけはわかるな」

レーヴェが額を押さえて、肩をすくめた。

「でも、ゼノスはライセンスがないし、治癒師の教育を受けてないから、自分は大したことないって思い込んでるの」

「先生と肩を並べる奴《やつ》がいるとしたら、せいぜい噂《うわさ》に聞く聖女くらいのもんだと思うけどねぇ」

女子達は一斉に溜《た》め息《いき》をつく。

「先生はこれからどうなるんだろうねぇ……」

「本人はなるべく目立ちたくないみたいだ」

「だが、周りが放っておくまい」

「くくく……。前置きはそのくらいにして、そろそろ本題に入ったらどうだ」

奥のレイスが、不敵な笑みで紅茶のカップを置いた。

「女子会のメインディッシュと言えば、ずばり恋バナじゃろう。一体、誰《だれ》があの鈍感男をものにするのかのぅ」

触発されたように、皆が一斉に立ち上がる。

「あたしだよっ」

「リンガに決まっている」

「我は負けんぞ」

「リ、リリだって……」

テーブルの中央で交錯した四つの視線が、やがてカーミラに向いた。

「でも、カーミラはどうなんだい？」

「リンガも同じことを考えた」

「おぬしはゼノスをどう思っているのだ。レイスよ」

「じ、実はリリもちょっと気になってた」

「………わらわ？」

レイスは目をぱちくりさせる。

しばらくの沈黙があり、カーミラは声を立てて笑った。

「ふっ、はははははっ。馬鹿も休み休み言うがよい。この死霊王カーミラが、一介の人間風情《ふぜい》に好意など抱く訳がなかろう。そもそも貴様らと違って、わらわはゼノスの完全なる被害者じゃからの。勝手に家に押し入られるわ、危うく浄化されそうになるわ、部屋は取られるわ、静かな環境は失われるわで散々じゃ。むしろ、虎視眈々《こしたんたん》とあやつの寝首をかく機会を狙《ねら》っているところじゃ。ひーひっひひ……なんじゃそのニヤついた顔は？」

「いやぁ……なんだかあやしいねぇ」

「話し出すまでに微妙な間があった」

「しかもやたら早口だったしな」

「むむぅ、カーミラさんは強すぎるライバル……」

四人のじとり、とした視線にカーミラは立ち上がって反論する。

「き、貴様ら、レイスをからかうでない。確かに多少面白《おもしろ》い奴とは思っておるが、わらわは三百歳ぞ。永遠《とわ》を過ごすわらわから見れば、ゼノスなど小童に過ぎぬわ」

「恋に年齢差なんて関係ないさ、ねぇ」

ゾフィアがカーミラに流し目を送る。

「しかも、魔物じゃし」

「リンガは種族の違いなど気にならない」

リンガがぐっと拳《こぶし》を握る。

「既に死んでおるし」

「好きな気持ちに、生死など関係あるまい」

レーヴェがずいと顔を寄せてくる。

「さすがにそれは関係あると思うが……？」

「ったく、意地っ張りは可愛《かわい》くないぞ。カーミラ」

「いや、誰？　リリ、貴様、急にキャラ変しておるぞ」

「リリ、ゼノスの役をやってみたの」

「死ぬほど似ておらんの」

「えぅぅ……」

その時、入り口のドアが、がちゃりと開いた。

「リリにカーミラ。往診終わったぞ……って、お前らまた来てるのか。いい加減治療の邪魔だぞ」

亜人の女達は顔を見合わせて、ゆっくりと椅子に腰を下ろす。

「別にいいじゃないかい。ねぇ」

「そう。どうせ治療院は暇」

「ゼノスのおかげで、我ら亜人の争いがなくなって怪我《けが》人が減ったからな」

「くっ、余計なことするんじゃなかった」

「でも、リリはみんながいると楽しいよ」

「まったく、かしましい女どもじゃ」

「なんでうちの治療院はエルフとリザードマンとワーウルフとオークとレイスが仲良く談笑してるんだ……」

紅茶の香り漂う治療院で、いつものように賑《にぎ》やかな時間が過ぎていった。

第三章 鋼鉄《アイアン・ローズ》の淑女

大陸中央に君臨する【太陽王国】の異名を持つ大国――ハーゼス王国の王都は、大きく四つのエリアに分かれている。王族の住む王宮を中心に、貴族のいる特区、市民の憩う街区、そして捨てられた民が住まう貧民街と、外側に行くほど階級が下がっていく形だ。

貴族特区の中には、元老院や王立治療院などの国家機関が林立するエリアがあり、今その一角にそびえ立つ、無骨さと壮麗さを兼ね備えた建物で、二人の人物が向かい合っていた。

「お呼びでしょうか、師団長」

「待っていたぞ。クリシュナ副師団長」

奥の執務席に座るのは、髪を短く刈ったいかめしい顔つきの男。

その前に直立不動するのは、まだうら若い女だった。

艶のある長い金髪に青い瞳《ひとみ》、プラチナ製の鎧をまとい、左右の腰には魔法銃をおさめたホルスターが掛かっている。人目を惹《ひ》く美人だが、表情は鉄を流しこんだように変化に乏しい。

「師団長。急な呼び出しとは、どうされたのですか」

「実は少し気になる噂《うわさ》を耳にしてな」

「噂……？」

男はおもむろに頷《うなず》いて、剃り残した顎髭《あごひげ》をなでた。

「このところ、貧民街の様子がおかしいようだ」

「おかしい、とは？」

「なにやら、亜人どもの抗争がすっかり落ち着いているというのだ」

クリシュナと呼ばれた金髪の女は、かすかに眉《まゆ》を動かした。

「ご冗談を。あそこは長年に渡ってリザードマンとワーウルフ、オーク族が互いに縄張りを主張し、小競り合いが絶えないエリアです。抗争が落ち着いたなど、到底信じられません」

「信じられないのは私も同じだ」

男は両肘を机につき、顔の前で指を絡《から》めた。

「だが、万が一本当だとしたら、無視はできん。君も知っているように、我らハーゼス王国は王族を中心とした厳格な身分制を敷くことで繁栄してきた歴史がある」

「勿論《もちろん》、存じております」

「市民の鬱憤は貧民へ。そして、貧民共の鬱憤は互いの敵対種族に向けられることで均衡が保たれていた。だが、もしも貧民街の有力者どもが一枚岩になったとしたら――」

「市民や貴族、ひいては支配体制への脅威になりうる、と？」

「その通りだ。王都の警備を一手に引き受けている我々近衛師団にとっても由々しき事態と言える」

王族の護衛部隊として始まった近衛師団は、次第に規模を拡大し、今では王都全体の守護者として君臨している。

建物の入り口には、太陽を剣と盾が守るように囲む紋章が刻まれていた。太陽である王――そして、王の住まう都の安定を保つことが、近衛師団の使命である。

微動だにせぬまま、クリシュナは言った。

「しかし、師団長。私はいまだに懐疑的です。三種族は互いに深い恨みを抱えていたはず。そう簡単に和解などできる訳がありません」

「それを、ある人物が仲裁したという噂があるのだ」

「ある人物……？　ますます不可能です。疾風のゾフィア。暴君のリンガ。剛腕のレーヴェ。いずれも厄介な裏社会の大物です。あの三人をまとめられる人物が存在しうるとは思えません」

「私も君と同意見だよ。仲裁者というのも不確実な情報にすぎない。しかしだ――」

男の瞳の奥が、鈍い光を湛《たた》える。

「仮に噂が本当だとしたら――。万が一それほどの影響力を持つ人物がいるとしたら、放置しておくわけにはいかん。近衛師団としてマークせねばならん」

「それで、私が呼ばれたわけですか」

「国家の安全保障にかかわりかねない問題だ、末端には任せられん。副師団長の君に直々に頼みたい」

クリシュナは部屋に入った時と同じ表情のまま、ゆっくりと敬礼した。

「お任せ下さい。もしも、そんな人物がいれば、必ずやこの私が捕えてみせましょう」

男は口角を上げ、低い声で言った。

「期待しているぞ。――【鋼鉄の淑女《アイアン・ローズ》】よ」

+++

「はっくしょん」

廃墟《はいきょ》街の治療院で、ゼノスが大きなくしゃみをした。

「ゼノス殿、風邪か？　リンガが毛皮で温めてやろう」

「それは我の仕事だ。筋肉は意外と温かい上に、我は胸もあるぞ」

「リ、リリは毛皮……ない。筋肉……ない。胸……もないっ。紅茶淹《い》れるっ」

「過保護か」

治療室の椅子に座るゼノスが、前を見たまま言った。

「くしゃみくらいでおおげさだぞ。治療中なんだから静かに頼む」

ゼノスの前には、リザードマンのゾフィアと、その弟であるゾンデが座っていた。

両者とも腕に裂傷を負っている。

ゼノスは二人の創部に手をかざした。

淡い白色光が傷口を覆《おお》ったと思ったら、次の瞬間には綺麗《きれい》に塞《ふさ》がっていた。

「先生の治療はいつ見ても惚《ほ》れ惚《ぼ》れするねぇ。これを見たいがために、わざと怪我《けが》をしてしまいそうだよ」

「動機が不純な怪我人は治療しないぞ」

「ふふ、金さえ払えばいいとか言う癖《くせ》に、そういうところは真面目《まじめ》なんだねぇ」

盆にのせた紅茶を、リリが一同に配っていく。

「そういえば、ゾフィアさんがお客さんとして来るの久しぶり」

「やだよ、リリ。まるであたしがいつも客でもないのに来てるみたいじゃないかい」

「客でもないのに来てるだろ」

ゼノスが突っ込むと、ゾフィアは妖艶《ようえん》に微笑《ほほえ》んで、治癒《ちゆ》された腕を愛おしそうに撫《な》でた。

「一応言っとくけど、この怪我は客でもないのにそこにいるリンガやレーヴェと揉《も》めたわけじゃないよ。仕事のほうでちょっとね」

「ああ、ゾフィアは盗賊だったな」

といっても、盗みの対象は悪徳商人や不正な事業に手を染めた特権階級だ。

そういう相手から富を奪っては貧民街に還元する、いわば義賊的な存在だった。

「あたしらは近衛師団に目をつけられてるからねぇ。昨日も仕事中にやり合って、ちょっと不覚を取ったのさ」

「そういえば、前も姉弟そろって腕を怪我したことがあったよな。あれも近衛師団が相手だったのか？」

弟のゾンデは魔法銃で腕を焼かれ、姉のゾフィアは毒属性の弾を撃ち込まれていた。

治癒はしたものの、街中で目にすることは少ない傷だったので覚えている。

「ああ、そうさ。特区に盗みに入った時に、あいつにやられた傷さ」

「俺《おれ》の腕もだよ、姉さん。あいつにいきなり火炎魔法弾をぶっ放されて」

「……あいつ？」

リザードマンの姉弟は、辟易《へきえき》とした表情で言った。

「近衛師団にやばい女がいるんだ。いつも無表情で、えげつない攻撃してくるんだよ」

「俺、今でもあいつに追われる夢で目が覚めるぜ。確か副師団長で、【鋼鉄の淑女《アイアン・ローズ》】って言われてる奴《やつ》だ」

「【鋼鉄の淑女《アイアン・ローズ》】、か……」

その名を口にすると、ベッドに腰かけたカーミラが口の端を引き上げた。

「くく……もしも、そんな女に目をつけられたら大変じゃのう。ただでさえ、ここには厄介な女しかおらんというのに、さらに厄介なのが増えるぞ」

「……え？　リリだけはまともだよね、カーミラさん？」

不安げに呟《つぶや》いたリリを横目に、ゼノスはぽりぽりと頭をかいた。

「俺には関係ないだろ。天下の近衛師団の副師団長が、廃墟街のしがない闇《やみ》ヒーラーのことなんか気にかけるとは思えないしな」

「レイスの予感は当たるんじゃがのぅ」

「気にするだけ無駄だって。そろそろ昼飯にするか、リリ」

「うんっ、ゼノスは何が食べたい?」

「あたしは野菜料理がいいねぇ」

「リンガは魚を希望する」

「おぬしら正気か。ここは肉一択であろう」

「お前らには聞いてないからな? というか、ここで食べる気?」

せめてメニューを揃《そろ》えるように言うと、三人の亜人は渋々承諾し、くじ引きの結果、魚に決まった。歓喜するリンガと、ぎゃあぎゃあ不満を訴えるゾフィアとレーヴェを眺めながら、カーミラは「さて」と浮き上がった。

「わらわは二階で一休みしようかの。しかし、貧民街の顔役がこうも懐く相手は、王都広しと言えど貴様くらいのものじゃろうのぅ、ゼノス」

「手のかかる猛獣を飼ってる気分だ。これ以上厄介な客が増えてたまるか」

「こうして治癒師ゼノスは、来たる未来の伏線を人知れず張っていくのであった……」

「不吉な予言を残して消えるのはやめろぉぉ」

ゼノスの非難の声が鳴り響く治療院に、近衛師団の足音が迫りつつあった。

+++

「ここは、本当に貧民街なのか……?」

亜人抗争が終結した――近衛師団長からそんな情報を聞かされた副師団長のクリシュナは、足を踏み入れた貧民街で思わず我が目を疑った。

リザードマンとワーウルフが肩を組んで笑い合い、ワーウルフとオークが和気あいあいとテーブルゲームに興じ、オークとリザードマンが赤ら顔で酒を酌み交わしている。

街全体を覆っていた張り詰めた緊張感や、暗く淀《よど》んだ空気までが、すっかり取り払われている気がした。

「まさか……真実なのか？」

ごくりと喉《のど》が鳴る。

三種族の抗争をおさめた【仲裁者】の噂。

ここに来るまでは、そんなことは絶対に不可能だと思っていたが、目の前の光景が確かな証拠として存在している。

「そこの者。少しいいか」

クリシュナは道端で水煙草を吸っているリザードマンに声をかけた。

一応、近衛師団の者と気づかれないようにボロ布をまとった住民に変装してはいる。

「なんだ、姉ちゃん？」

「姉ちゃ……まあ、いい。私は久しぶりに貧民街に戻ってきたのだが、前と随分雰囲気が変わっているではないか」

「そうか？」

「ワーウルフやオークと随分仲が良さそうだな」

「ああ。付き合ってみると、これがいい奴らなんだよ」

「前は仲が悪かったと記憶しているが」

「そうだったかもな」

「何があったんだ？」

「ああ、それは――」

言いかけて、リザードマンは口を閉じた。

おもむろに水煙草をしまうと、クリシュナに背を向け、その場を立ち去る。

「悪いな。あんたが誰《だれ》か知らんが、話すつもりはねぇよ。なんせ目立っちゃ駄目らしいからな」

「目立っちゃ駄目……？」

「じゃあな、姉ちゃん」

「待て」

まわりこんだクリシュナは、身にまとうボロ布の中に手を入れた。

腰の魔法銃を素早く引き抜き、銃口を男の腹に当てる。

「話してもらおうか」

「て……てめえっ、何者だ？」

「余計なことは喋《しゃべ》るな。聞かれたことだけ答えろ。【仲裁者】は誰だ？」

引き金にぐっと力を込める。

「は、話さねえぞ……」

「なんだと？」

「あ、あの人にゃあ滅茶苦茶《めちゃくちゃ》世話になってるからな。たとえ撃たれても話さねえぞっ」

「どうやら【仲裁者】は相当な人望があるらしいな。それは一体誰だ」

「お、お頭っ！」

突如、リザードマンの男が通りの向こうを見て叫んだ。

クリシュナの視界の端に入ったのは、颯爽《さっそう》と道を歩くリザードマンの姉弟。

――疾風のゾフィアと、その弟のゾンデ。

次の瞬間には、クリシュナは脇《わき》の細い路地を駆け出していた。

姉弟は偶然通りかかったようだが、相手の縄張りでやり合うのは、さすがに分が悪い。

――いや、それよりも……。

気になったのは、一瞬だけ視界に入った二人の腕が、すっかり綺麗《きれい》になっていたように見えたことだ。以前、彼らの盗賊団が特区に忍び込んできた時に、治癒が不可能なレベルで傷を負わせたはずなのに。

「一体、何が起こっているのだ……」

永遠に続くと思われた貧民街の抗争がおさまり、亜人の傷がなぜか癒えている。

正直、わからないことだらけだ。その上、クリシュナは他にも気がかりな事件を抱えている。

――さて……私はどう動くべきか。

クリシュナは、思案しながら路地を駆け巡り――そして、道に迷った。

＋＋＋

「なんだか寒気がするな」

営業時間を終えた廃墟街の治療院で、ゼノスはぶるっと身震いした。

三人の亜人達も帰宅し、ようやく静かな時間を迎えたというのに。

なんとも言えない悪寒を覚えながら、リリが奥で紅茶を淹れるのを待っていたら、入り口のドアがゆっくり開いた。

「……？」

そこには、ボロ布を身にまとった女が立っていた。

小汚い格好に反し、美しい金髪と青い瞳はどこか高貴さを漂わせている。だが、その表情はまるで金属のように硬く冷たい。

客か――と問う前に、女は口を開いた。

「失礼。実は道に迷ったのだ。貧民街にいたのだが、気がついたら廃墟街に迷い込んでいた」

「そうか、それは災難だったな」

「ああ。方向音痴は私の唯一の弱点なのだ」

「そうか……」

「偶然ここを通りかかったのだが、人がいる気配がしたので立ち寄らせてもらった。市街地への行き方を教えてくれないだろうか」

「わかった。それなら――」

説明しようとした時、奥から紅茶カップを持ったリリが顔を出した。

「ゼノス、お客さん？」

「いや、道に迷ったらし……」

答えようとした時、眼前の女が目を見開いて、いきなり銃口を向けてきた。

青い瞳が、射るようにゼノスを見据えている。

「偶然に感謝しよう。まさか、こんなところで別の事件の犯人《ホシ》が見つかるとはな」

ボグァンッ！　ボグァンッ！

間髪入れず、強力な爆煙弾がゼノスに向けて発射される。

「わっ、わあああああっ」

リリが大声を出して、紅茶を取り落とした。

「ゼノスっ、ゼノスっ」

「私は今大きな事件を追っているが、それとは別に子供の誘拐事件も抱えているのだ」

「ちょ、ちょっと、ゼノスは……」

「この少女はエルフだな、しかし、お前は人間。ということは親子ではない。やっと見つけたぞ、誘拐犯。人が寄り付かない廃墟街にアジトを構えるとは考えたものだ」

「ち、違うのっ。ゼノスはリリを引き取って……！」

「取引所を通さない人身売買は禁じられている。申し開きがあるなら別の場所で聞こう」

「そうじゃなくてっ。ゼノスはリリを助けてくれたのっ！」

「なに……？」

リリが声高に主張すると、話を聞いたクリシュナは無表情に銃口を眺めた。

「……なるほど。それは、少し早まったかもしれないな」

「早まりすぎだよぉっ」

「すまないな、エルフの子供。仕事は確実である一方、短気なのが私の唯一の弱点なのだ。捕獲用の弾だから殺傷力はそれほどないが、悪いがこの男しばらくは目覚めないぞ」

「さっきは方向音痴が唯一の弱点って言ってただろ。弱点が増えてるんだが？」

「なんだと……？」

煙がようやく晴れると、傷一つないゼノスが現れる。

目の前の女は、かすかに驚いた様子で頭を下げた。

「大変失礼した、早とちりをしたようだ。無事でなによりだが、なぜ？」

「防護魔法を使っただけだ」

「冗談を。防護魔法くらいで私の魔法銃を防げるはずがない」

「いや、ごく平凡な防護魔法のつもりだが」

「なに……！」

え、何か駄目だったのか。自己流だから、確かにあまり自信はないんだが。

「本気で言っているのか」

クリシュナは目を細めて、ぐっと近づいてきた。

息のかかるほどの距離で、じろじろとゼノスを眺めてくる。

「む……確かに全く傷がない。どういうことだ？　今日は信じがたい出来事ばかり起こる」

「俺も初対面でいきなり撃たれるという信じがたい出来事をたった今経験したが……？」

「さては貴公は名のある大魔導師《まどうし》か。幼少の頃より防護魔法のみに心血を注《そそ》ぎ、遂には防護魔法を極《きわ》め、廃墟街で隠居生活を送っているわけか」

「違うけど」

「ついた二つ名は【防護魔法を頑張った人】」

「二つ名のセンス皆無だな！」

「ネーミングセンスの欠如は私の唯一の弱点だ」

「また弱点増えてない？」

「しかし、そうでもなければ説明がつかない。他人の目はごまかせても、近衛師団副師団長のクリシュナの目はごまかせんぞ」

ゼノスはリリと目を合わせる。

「近衛師団の、副師団長……？」

「ああ、鉄のごとき固い意志で仕事を確実に遂行することから【鋼鉄の淑女《アイアン・ローズ》】とも呼ばれている」

「……え？」

「そうだ、いいことを思いついたぞ。ゼノス氏と言ったな。良かったら私の調査に協力してくれないか。貴公のような達人が協力してくれると大変助かる。勿論、礼ははずむぞ」

クリシュナは朗らかな調子で提案した。

ぷーくくく、と二階からカーミラの押し殺した笑い声が耳に入った気がした。

＋＋＋

「私はとある密命を帯びて、貧民街へとやって来たのだ」

その後、クリシュナは自然な動作で奥の食卓に座って言った。

あまり強く追い返して妙な詮索《せんさく》をされても困るので、ゼノスは仕方なく話だけは聞くことにする。

一応、亜人達と鉢合わせしないよう、リリに頼んで黄色の旗を屋根に掲げてもらっている。

異常事態なので近づくな、という既存客への合図だ。

「ちなみに、密命を赤の他人に話しても大丈夫なのか？」

「その密命とは、とある人物を探し出して捕獲することなのだ」

「躊躇《ちゅうちょ》なく話し出したな」

こいつも人の話を聞かない系か……？

クリシュナは、無表情のまま続ける。

「仕方がないのだ。どうやら簡単に探せる相手ではなさそうでな。ある程度は情報公開せねば貴公の協力も得られないだろう」

「協力するとは一言も言ってないが」

「近衛師団への協力は国民の義務だぞ。それに、どうせ隠居の身で暇なのだろう」

「まあ、な……」

まさか闇ヒーラーをやっているとも言えないので、曖昧《あいまい》に頷《うなず》くしかなかった。

「どうやら、私が探しているのは、相当な人物のようなのだ」

「へーぇ……」

「だが、これまで近衛師団の網に全く引っかかっていない。ということは、貴公のように目立たない場所に潜伏していると考えられる。蛇《じゃ》の道は蛇《へび》と言うだろう。似た状況にいる貴公なら、何か聞いているのではないかと思ってな」

「一体、誰を探しているんだ？」

クリシュナはゼノスにぐっと顔を近づけ、辺りを警戒するように小声で言った。

「【仲裁者】――貧民街の亜人抗争を終わらせた人物だ」

「ごふっ」

ゼノスは口に含んだ紅茶を噴き出す。

「どうした？」

「いや、なんでもない……」

机を拭いて、静かに頭を抱えると、天井板《てんじょういた》からカーミラがにゅっと顔を出した。

とてつもなくわくわくした表情で、笑いを堪《こら》えるように必死に口を押さえている。

くっ、こいつ……！

クリシュナはぎゅっと握りこぶしを作った。

「亜人抗争の終結など不可能だと思っていたが、確かに貧民街の様子は一変していた。秩序の番人として、そのような巨大な影響力を持つ人物を捨てては置けない」

「そ、そうか、まあ落ち着け」

「だが、肝心の亜人を脅しても口を割る気配すらないのだ。どうやら、人心のコントロール術にも長《た》けているようだ。その所業、まさに悪魔の手先としか言いようがない」

「悪魔の手先……」

ただのしがない闇ヒーラーなのに、ひどい言われようだ。

「とにかく、国家の安全のため、私は草の根を分けても【仲裁者】を探し出さねばならん」

「別に無理に探し出さなくてもいいんじゃないかなぁ……」

「え？」

「え？」

ゼノスはごほんと咳払《せきばら》いをした。

「いや……だから、そいつは別に表に出たいわけじゃないかもしれないし、むしろ目立ちたくないと思うし、そっとしておくのが一番だと思うし」

「まさか【仲裁者】を知っているのか！」

「知るわけないだろ。ただの勘だよ、ハハハハハ……」

空虚な笑いを響かせるゼノスの前には、鉄のように硬い表情のクリシュナ。

その後ろには、真《ま》っ青《さお》な顔でおろおろするリリと、噴き出すのを懸命に堪えようと頰《ほお》をぷくぷくに膨らませたカーミラの姿がある。

なかなかの地獄空間だった。

「放置などできる訳がなかろう。貧民街をまとめる力を持つ大人物だぞ。いずれ反体制派の旗頭となり、王国の脅威になりかねん」

クリシュナが重々しい口調で言うと、突然リリが横から口を挟んだ。

「多分――その人はそんな大それたこと考えてないと思う」

「……どういうことだ？」

「その人は……ちょっと金金うるさいけど、本当はただ、自分の目の前で人が傷ついていくのが嫌なだけなんだとリリは思う」

「リリ……」

けなされたのか、褒められたのかよくわからないが。

それは決して大外れではなくて――

子供の日の。

大雨の中の。

泥にまみれた手の平から。

零《こぼ》れ落ちていく命の感触が、ゼノスの脳裏《のうり》に蘇《よみがえ》る。

クリシュナは少し黙った後、青い瞳でリリをじっと覗《のぞ》きこんだ。

「まさかエルフの子は【仲裁者】のことを知っているのか」

「し、しし、知らない。リリ、なんにも、しし知らない」

リリは、あさっての方向を見て、ぷひゅーぷひゅーとかすれた口笛を吹き始めた。

ごまかし下手か。

クリシュナはリリをじろりと眺め、小さく嘆息した。

「まあいい。相手は裏社会の実力者。影を摑《つか》むことすら容易ではないのはわかっているさ」

あ、よかった、納得した。

おそらく所詮《しょせん》は子供の言うことだと、それほど真に受けてはいないのだろう。

実際は影どころか、本体が思い切り目の前にいるのだが。

……って、まずい。カーミラが爆笑一歩手前だ。

レイスが噴き出す前に事を終わらせるべく、ゼノスは慌てて立ち上がる。

「ま、まあ、そういうことだから、話は終わりだ。街への戻り方を教えるから、そろそろ帰ってくれないか」

「なんだ、随分と急《せ》かすじゃないか」

「大事な任務があるんだろ。俺なんかに関《かか》わっている暇はないはずだ」

「まあ、その通りだが……」

不承不承立ち上がったクリシュナは、「それでは、邪魔をしたな」と踵《きびす》を返した。

ゼノスはやれやれと息を吐く。

どっと疲れたが、やっと帰ってくれそうだ。

だが、玄関に向かったクリシュナが、突然足を止めた。

「ところで……なぜこんなところにベッドがあるのだ？」

ただでさえ低めの声色《こわいろ》が、もう一段低く聞こえた。

入り口の部屋は診察室になっており、患者用のベッドが置いてある。もぐりの営業であるため、あまり治療院らしい内装はしていないが、確かに寝室というには少し不自然な場所だ。

闇営業に感づかれてしまったか。

ゼノスは身を硬くし、咄嗟《とっさ》に言い訳を考えた。

「ああ、それは余ったベッドで、捨てようと思ってそこに置いてたんだ」

「なんだと……」

クリシュナは、ゆっくりと振り返った。

ゼノスはかすかに腰を落として身構える。

「ならば……悪いが、このベッドを私に使わせてくれないか」

「……え？」

「実は拠点探しに迷っていたんだ。調査目的に貧民街に通うのにも、家からは遠いし、密命で動いているため、街の宿泊施設に泊まり込むのも目立ってしまう。しかし、ここなら貧民街にも近い上に、全く目立たない。調査にうってつけの潜伏拠点だ」

「断る」

「なぜだ？」

「え、それ聞く？」

「余っているなら、貴公に大した損はないはずだろう。無論、調査費用から宿泊代は支払う」

クリシュナは、ずいとゼノスに詰め寄った。

「それとも、隠居の身の上なのに、私が泊まることに何か不都合があるのか」

不都合しかない——とは、さすがに言いづらい。

クリシュナの背後には王都の守護者たる近衛師団が控えているのだ。下手に拒んで目をつけられるわけにはいかない。

どこで間違ったのかを小一時間考えたいが、反省は後だ。

とりあえず今日だけは泊めるとして、その間に善後策を検討《けんとう》せねばならない。

仕方なく頷くと、クリシュナはまっすぐな瞳で手を差し出してきた。

「ありがとう。協力に感謝するよ、ゼノス氏。私は諸悪の根源たる【仲裁者】を必ず探し出し、捕獲してみせる。それまで、悪いがよろしく頼む」

いつの間にか【仲裁者】ゼノスは、悪魔の手先から、諸悪の根源にレベルアップしていた。

「こうして、いつものように治療院には厄介な女が増えていくのであった……」

二階の語り部の口上が、立ちすくむゼノスの鼓膜に空虚に響いていた。

＋＋＋

廃墟街に夜の帳《とばり》が降り、周囲はひそやかな虫の音に包まれる。

食卓に灯《とも》したランプの明かりに、クリシュナの金髪が浮かび上がった。

「夜は一段と静かだな、ゼノス氏」

「廃墟街だからな」

「ふむ、思ったより居心地がよさそうではないか」

「任務が終わったらちゃんと帰れよ？」

と言っても、任務は【仲裁者】のゼノスを捕獲すること。

任務の終了　＝　闇ヒーラー業の終了とも言えるので、なんとかしなければならない。

クリシュナはおもむろに窓の外の暗闇《くらやみ》を眺めた。

「しかし、ここは疫病で滅んだ街だろう。こういう場所はアンデッドが出たりしないのか」

「出るかもなぁ。レイスが出たりするかもなぁ」

「レイスが……？」

「怖いだろ？　帰ったほうがいいんじゃないか？」

「やけに帰らせようとするな。心配せずとも、レイスはアンデッド系最上位の魔物。そうそう出会えるものじゃないさ」

　こっちは毎日会ってるけどな。なんなら、今後ろの天井板から顔を出しているし。

　カーミラの協力を得て、脅かして追い出す手も考えたが、後で近衛師団を引き連れて駆除に来られても厄介だ。

　今のところ最も現実的な対策は、クリシュナが調査で留守の間に引っ越すことだが、この朽ちかけた建物に結構な愛着を持ってしまっているのが悩ましい点である。

「粗茶ですが」

　横からリリが、どんっと紅茶カップを置いた。

　なんだかむすぅとしているように見える。

「これは、すまないな」

　クリシュナはカップを手に取り、おもむろに口に運んだ。

「あはふぅっ」

「え？」

「いや、失礼。実は猫舌なのが私の唯一の弱点なのだ」

「結構、弱点多いな？」

「何を言う。私の弱点は一つだけだ」

「そうか……」

その後もクリシュナは、カップにふーふーと息を吹きかけ、恐る恐る口に運んでは「あふぁぅっ」と悶《もだ》えている。

「むむぅ……」

「どうしたんだ、リリ？」

「ゼノス、膝《ひざ》」

リリは憮然《ぶぜん》と言い放ち、ゼノスの膝の上によいしょよいしょと登ってきた。

ぺたんとゼノスにくっついて、ちらりとクリシュナに視線を送る。

「ゼノス、いつもの」

「いつもの……？」

「い・つ・も・の」

頭を小さく振り振りするので、ブロンドの髪を撫でてやると、リリはぴくぴくと耳を動かした。

腕を組んで、得意げに顎をくいと上げる。

「ふふんっ」

……なんだろう？

リリがいつも以上に甘えたがりな気がする。

「嫉妬《しっと》じゃ」

「うわ、びっくりした」

「どうした、ゼノス氏？」

「いや、なんでもない」

急に耳元で囁《ささや》かれたので、思わず声が出てしまった。

今の声はカーミラか？

「くく……その通り。姿を消して耳元で囁いておる」

普通に心臓に悪いからやめてほしい。

この状態だと物には触れず、視界も悪いので、普段はあまりやらないのだとカーミラは言った。

ゼノスは小声で返す。

「なんで、リリが嫉妬するんだ」

「突然の押しかけ女に、マウントを取っておるのじゃ。あなたなんかより私の方がゼノスと親しいのよ、となｏ亜人の女共とは仲良くしているようじゃが、魔法銃をぶっ放した上に、図々しくベッドまで借りようとする女のことなど到底認められないわけじゃ。しかも、そんな無粋な女が、実は猫舌だったというギャップ萌《も》えで攻めてきおった。心中はさぞや穏やかではなかろうて。さあ、どうする？　自分は何ができる？　女のプライドを賭《か》けた戦い、いざ開幕ゥゥゥ……！」

「うるさい」

前から思っていたが、この最上位クラスのアンデッドはなんでそんなに俗っぽいの？

ひーっひっひ……という声が、耳元で段々小さくなっていく。

しかし、確かにカーミラの言う通り、リリは今日に限ってやたらペタペタしてくる。

「ゼノス、紅茶はまだ熱いから、リリがふぅふぅしてあげる」

「ゼノス、髪が跳ねてるよ。リリが直してあげる」

「ゼノス、林檎だよ。リリが食べさせてあげる」

謎《なぞ》の対抗意識を燃やしているのか、やけに甲斐甲斐《かいがい》しい。

だが、対面のクリシュナは完全に無反応で、何か考え事をしている様子だ。

「む、むむぅ……こ、こうなったら……リリは……カーミラさんに教えてもらった奥の手を出すっ……！」

遂にしびれを切らしたのか、リリは顔面を真っ赤《か》にして、両手でゼノスの頬をむにと押さえた。

ごくり、と喉を鳴らし、てこう続ける。

「ゼノス。こ、ここ、今夜は、リリが、寝かさないからっ！」

……。

……。

……。

「すぴー……」

寝た。

「エルフの子、よく寝ているな」

「ああ、そうだな……」

寝かさないと宣言した数秒後、リリはゼノスの膝の上で健やかな寝息を立てていた。

お子様だから、夜が早いのだ。

というか、カーミラの奴は、いたいけな少女に一体何を教え込んでいるのだ。

「あいつ、後で説教だな」

「何か言ったか、ゼノス氏？」

「いや、なんでもない」

リリを寝室に運んで、リビングに戻ると、クリシュナはまだ何かを考えているようだった。

「どうした？」

「ああ……あのエルフの子だが、奴隷商に捕まっていたと言っていたな」

「そうだ」

「奴隷商の素性はわかるか？」

「いや、わからないな」

接触したのはわずかな時間だったし、すぐにどこかに行ってしまった。

あの時は、リリの治療を優先する必要があったから、後をつけるような真似《まね》もしていない。

「そうか。どうやら、取引所を通さない子供の不正売買の温床がどこかにあるようなのだ」

今回の任務の前は、その事件を調査中だったとクリシュナは言った。

「だから、いきなり俺を撃ってきたのか」

「本当にすまなかった。なかなか尻尾《しっぽ》を摑《つか》ませず、いつも惜しいところで逃げられてしまうのだ。遂に見つけたと思い、今度こそ逃げられないようにと反射的に引き金に指をかけてしまった」

人目から隠れるようにエルフの子供を連れた人間が、廃墟街にこっそり住んでいた。

確かに状況だけ見れば、相当怪しく思えるかもしれない。

「短気なのが私の唯一の弱点だからな」

「やっぱり弱点多くない？」

「何を言う。私の弱点は一つだけだ」

「まあ、いいけど」

「私はあらゆる事件を片付けてきた。【鋼鉄の淑女《アイアン・ローズ》】は完璧《かんぺき》な近衛兵であり、市民にとってのヒーローでなくてはならない。弱点などあったとしても、せいぜい一つしか許されないのだ」

「……」

クリシュナの無表情の奥に、もう一つの表情が垣間《かいま》見えたような気がした。

しばらく視線を机に落としていたクリシュナは、やがてゆっくりと顔を上げる。

「そういえば、ゼノス氏に一つ聞きたいことがあるのだ」

「なんだ？」

「貴公は、防護魔法を極めた達人だろう」

「違うけど」

「謙遜《けんそん》するな。殺傷力を落としていたとは言え、私の魔法銃で無傷というのは、間違いなく神クラスの使い手だ」

「いや……まあ……面倒だから、そういうことでもいいが」

「そんな魔法の達人である貴公の見解を是非聞きたいのだ。貴公が防護魔法を極めたように、もしも……」

クリシュナはごくりと喉を鳴らした。

「もしも……治癒魔法を極めたら、例えば腕を完全に再生するようなこともできるのだろうか」

「え？」

「いや、荒唐無稽な質問というのはわかっているのだが」

「そうじゃなくて。別にそのくらいなら――」

極めるまでもなくできるだろう。なんせ、三流ヒーラーの自分ですらできることなのだから。

そう言いかけたが、やめた。

相手の意図がわからないうちは、下手なことは口にしないほうがいいかもしれない。

クリシュナは弱々しく溜《た》め息《いき》をついた。

「ああ、すまない。私は何を言っているんだろうな、そんなことは聖女か、ごく一部の特級クラスの治癒師でもなければ不可能に決まっている」

「……ちなみに、それがどうしたんだ」

「私は貴族特区の警備中に、盗賊団の頭である疾風のゾフィアとやり合ったことがあるんだ。その時、相手の腕に相当な傷を負わせたのに、貧民街で見かけた奴らの腕はすっかり綺麗になっていた気がした」

なんとなく、嫌な予感がする。

「私は【仲裁者】の人物像をずっと考えていた。あのゾフィア達が、一体誰の言うことなら聞くのだろうかと。そこで思ったのだ。もしもあの重い傷を治療し得る者が存在したとしたら、その人物の言葉は響くのではないか」

「……」

近衛師団　副師団長クリシュナ。

強引でただの猪突猛進《ちょとつもうしん》な女に思えたが、意外に鋭い。

その肩書きはどうやら伊達《だて》ではないらしい。

「いや……しかし、そんなことができるはずがないか。腕のこともおそらく私の見間違いだろう」

クリシュナは肩をすくめて、紅茶を口に含み、「あふぅあっ」と呻《うめ》いた。

まだ熱いようだ。だいぶ猫舌だな。

「まあ、明日から地道に調査を始めるさ。貧民の扇動者であり、悪の真祖たる【仲裁者】を私は必ずこの手で捕えてみせる」

「悪の真祖……」

最初は悪の手先だったのに、ゼノスの肩書きがどんどん悪いほうにレベルアップしている。

「ちなみに、どうしてそこまで貧民を目の敵にするんだ」

ふと気になって尋ねると、クリシュナはしばらく黙った後、ぽつりと言った。

「別に面白《おもしろ》くもない話だ。私の母は貧民に命を奪われたのだ」

「……」

「母は慈愛に満ちた人だった。貧民街の者達が腹をすかせて可哀《かわい》そうだと、毎日のように炊き出しに行っていた。そして、ある日遺体となって戻ってきた。母がしていた結婚指輪を奪うための犯行だったと聞いている」

ランプの火が揺れて、クリシュナの顔に影を落とす。

「母のおかげで大勢の貧民が餓死から救われた。しかし、誰も母を救ってはくれなかった。だから、私は決めたのだよ。私自身が完全無欠のヒーローとなって、母のような被害者が出ないよう、貧民街の悪人どもを取り締まるとな。容赦ない取り締まりで多くの実績を上げ、最年少で近衛師団の副師団長に上り詰めた」

話している間、クリシュナはずっと無表情だった。

「鉄のように固い意思で仕事を遂行することから、私はいつしか【鋼鉄の淑女《アイアン・ローズ》】と呼ばれるようになった。融通が利《き》かず、頭が固いという意味だと揶揄《やゆ》されることもあるがね。しかし、そこにもう一つ別の意味が含まれていることも私は知っている」

この顔は、まるで鉄の仮面のようだろう、とクリシュナは言った。

「あの日から、私はうまく笑うことができないのだよ」

＋＋＋

「では、夜には戻ってくる。世話になるな、ゼノス氏」

翌朝、クリシュナはそう言い残して、調査に出かけた。

やっと解放された割に、なんとなく気分が晴れないのは昨日の話を聞いたせいか。

ベッドの端で足を組んだカーミラが言った。

「あまり気にするな、ゼノス。貴様が気にしても仕方のないことだ」

「まあ、わかってるよ」

「別に珍しい話でもない。三百年も生きていれば、あらゆる人間の営みを嫌でも目にするからのう」

いや、だからお前は死んでいるだろ。

カーミラも昨日の話を聞いていたわけか。

「わざわざそれを言いに来てくれたのか。ありがとうな、カーミラ」

「なっ……わっ、わらわは辛気臭いのが嫌いなだけじゃ」

カーミラはそっぽを向いて、二階へと消えて行った。

辛気臭いのが嫌いな幽霊とは。

小首を傾《かし》げたリリが、ふと思い出したように言った。

「そうだ。ゼノス、旗はどうする?」

「ああ、今だけ外しておくか」

クリシュナが来てから、亜人達が治療院に近づかないよう、合図の黄色い旗を立てたままだった。

治療を待っている者もいるかもしれない。

案の定、旗を外すと、すぐにリザードマンのゾフィアがやってきた。

仕事で指先を怪我したと言うので、綺麗に治療する。

「あまり無茶はするなよ。さすがに死んだら治療はできないぞ」

「ごめんよ、先生には心配かけないようにするさ。それよりこっちのほうが心配したよ。ずっと旗が立ってたから、先生の身に何かあったんじゃないかと思って」

「まあ、色々あったけど、今のところは無事だ」

「それならいいけどさ」

ゾフィアは安堵《あんど》の息を吐いた後、顔を上げて思い出したように言った。

「そうだ。先生に重要な情報があるんだ」

「なんだ？」

「部下に聞いたんだけどさ。前に言った近衛師団の【鋼鉄の淑女《アイアン・ローズ》】が【仲裁者】のことを嗅《か》ぎまわっているみたいなんだ」

「へえ……」

「へえって、そんな悠長な。あれは相当やばい女なんだ」

「そうだよなぁ」

「先生、もっと危機感を持っておくれよ。ここがばれたら大変なことになるかもしれないんだよ」

いや、もうばれてるし——と、言おうとした時、入り口のドアがゆっくり開いた。

そこに立っていたのは、金髪青眼の女近衛兵だった。

「ゼノス氏、すまない。道に迷って戻ってきてしまった。貧民街への行き方を教えてくれ。方向音痴は私の唯一の弱点……え？」

「え？」

クリシュナと、ゾフィアは互いに顔を見合わせる。

「疾風のゾフィアっ、貴様なぜこんなところにっ！」

「【鋼鉄の淑女《アイアン・ローズ》】っ。あんたがどうしてここにっ！」

声を荒らげる二人の女に、ゼノスが一言。

「いや、これは違うんだっ……！」

二階から、カーミラの言葉がふんわりと降ってきた。

「ゼノス、その台詞《せりふ》、浮気《うわき》がばれた亭主みたいじゃぞ」

＋＋＋

「説明してもらおうか。貴様はなぜここにいる」

「それはこっちの台詞だよ」

魔法銃を掲げる、近衛師団副師団長クリシュナ。

重心を低く構えた、盗賊団の女首領ゾフィア。

そして、ゼノスは睨《にら》み合《あ》う二人の女の間に挟まれていた。

「二人とも待て。これには事情があってな」

事態はまさに修羅場《しゅらば》。浮気男は、必死の形相で弁明を試みるのであった。

「二階の奴はさりげなく変な実況を入れるなぁぁっ」

「クリシュナさん、このお姉さん、み、道に迷ったって」

後ろに立っていたリリが、慌てつつも機転を利かせて言った。

クリシュナは、銃口をゾフィアに向けたまま低い声を出す。

「……迷ってここに来ただと？　大した方向音痴だな」

いや、お前がな？

ゾフィアは何かを察したようで、ゆっくりと構えを解いた。

「……そうさ。悪いかい？　道に迷ったもんで、この人に聞いていたのさ」

警戒心をまとったクリシュナが一歩近づく。

「ゼノス氏。気をつけろ。そいつは相当な悪党だぞ」

「いきなり銃を向ける奴に言われたくはないねぇ。やり合う気なら相手になるけど、ここで暴《あば》れてもいいのかい？」

「……」

クリシュナは室内を見渡して、静かに言った。

「ゼノス氏には世話になった。私とてこの場を荒らすのは本意ではないさ」

「じゃあ、勝負はお預けだねぇ。さっさとその物騒な物をしまったらどうだい」

「いいだろう。だが、その前に一つ聞かせてもらおうか」

掲げられた銃口から、クリシュナの冷たい圧が伝わってくる。

「疾風のゾフィア。その腕はどうした？」

「……っ！」

場の空気が、一気に数倍もの緊張感を帯びた。

クリシュナは、無表情のままゾフィアとの距離をじりじりと詰める。

「信じられないが、完全に治っているな……やはり、見間違いではなかったようだ。その腕の傷を治した、治癒を極めた人物こそが、おそらくは【仲裁者】」

副師団長は遂に核心に辿《たど》り着く。

ゾフィアは、一瞬しまったという表情をしたが、すぐにそれを消した。

「……いたとしたら、どうなんだい？」

「なんだと？」

「その人は怪我人を治療した。怪我人は喜んだ。それの何が問題だと言うのかい」

「我々が警戒しているのは、その人物の影響力だ。貧民街の不穏分子をとりまとめ、善良な市民の生活を脅かしかねん。秩序の番人として無視できん」

自身に向けられた銃口をまっすぐ見つめながら、ゾフィアは肩をすくめた。

「貧民が生活を脅かす？　やれやれ、悪いのはいつも貧民だけかい」

「……どういうことだ」

「あたしは実際に小悪党だから、言えた口じゃないけどさ。悪党ってのは別にどこにだっているってことさ」

「だから、何を言いたい？」

「近衛師団は子供の不正売買事件を調べてるって噂だけど、その元締めが貴族だと知っているのかい？」

「なに……⁉」

意外な言葉に、ゼノスはリリと顔を見合わせた。

クリシュナもさすがに驚いたようで、眉間にかすかに皺《しわ》が寄っている。

「戯言《たわごと》だ。不正売買の温床は貧民街にあるはずだ」

「尻尾を摑ませないように末端を散らしているのさ。まあ、あたしも最近摑んだネタだけどね。悪いけど、黒い情報はあんたらよりあたし達のほうが詳しいんだよ」

「そんな妄言を信じろと？　証拠でもあるというのか」

「貴族に辿り着く糸は、巧妙に消されているから、現場を押さえるしかないねぇ。捜査の手が厳しくなったんで、一部の子供は屋敷の特別室に移したみたいだよ、そこが一番安全だからさ」

クリシュナは銃を持ち上げたまま、もう一歩距離を詰めた。

「……信じられんな」

「だろうねぇ。どうせあたし達の言葉は届かないのさ」

「ふん。ならば、犯人《ホシ》が誰か言ってみろ」

「カレンドールさ」

「カレンドール卿？　ますます信じられん。氏は孤児の教育支援にも熱心な人格者だぞ」

「そうやって表面ばっかり見てるから騙《だま》されるんだよ」

ゾフィアは下がらずに、前に出た。

その視線が横のゼノスに一瞬向けられる。

「だけど、【仲裁者】は違うよ。あの人はあたし達を身分で判断しない。見た目で選別しない。過去で区別しない。ただ、目の前の命を救うだけさ。だから、あたし達はあの人を慕っているんだ。癪《しゃく》だけど、もしあんたが怪我したら、あの人はあんただって治療するよ。金はきっちり取るけど、貧民だけが悪と区切っているあんたとは大違いだ。あんたの正義なんてただのまがい物さ」

「なんだと……！」

クリシュナの指が、反射的に魔法銃の引き金にかかる。

しかし、銃弾が発射される前に、ゼノスがゾフィアの前に立ちはだかった。

「ゼノス氏、そこをどいてくれ」

「悪いが、そうはいかない。ゾフィアは俺の患者だからな」

「患者……？」

ゼノスは大きく溜め息をついた。

「もういいだろ。ここが戦場になるのも困るし、ゾフィアも色々気を遣ってくれてありがとうな」

「先生っ……」

片手でゾフィアを制したゼノスは、ゆっくりとクリシュナに顔を向けた。

「黙ってて悪かった。【仲裁者】は俺だよ。クリシュナ」

……。

……。

……。

ゼノスの告白を受けたクリシュナは、二、三度まばたきをした。

「ゼノス氏が……【仲裁者】？」

「ああ、そうだ」

できれば目立ちたくないし、対策もこれから考える必要があるが、【仲裁者】のことでこれ以上の揉《も》め事《ごと》は見ていられない。

「悪いな。こんな大事《おおごと》にする気はなかったんだが――」

しかし、言い終わらないうちに、言葉が遮《さえぎ》られる。

「無理があるぞ、ゼノス氏。【仲裁者】は治癒魔法を極めた人物。一方、貴公の専門は防護魔法だろう。二系統の魔法を同時に極めるなど不可能だ」

「極めたわけじゃないし、そもそも治癒も防護も体の機能を強化するだけだから、基本は一緒だろ」

「そんな理屈は、魔法学の授業でも聞いたことがない」

クリシュナは無表情に――だが、どこか寂《さび》しそうに言った。

「しかし、一つわかったのは、貴公は亜人と【仲裁者】の肩を持つということだ。残念だ。貴公は尊敬に値する人物だと思っていたが。潜伏拠点は他を探すことにするよ」

「クリシュナ」

背中に声をかけたが、クリシュナは振り返らずにドアノブを握った。

「民衆には……完璧なヒーローが必要なのだ。私はまがい物なんかじゃない……」

+++

クリシュナが出て行った後、ゾフィアが手を合わせて謝ってきた。

「先生、ごめんよ。あたしが変なことやっちまって」

「ゾフィアのせいじゃない。むしろ、気を遣わせて悪かったな」

「ふっ、今回は第二夫人が勝利したようじゃの。さすが出会ってからの年季が違う」

いつの間にか、カーミラがベッドの端に座っていた。

いや、第二夫人って誰だ。

「リ、リリは何番目なのっ、カーミラさん」

「リリ、真面目に取り合わなくていいからな?」

「しかし、珍しく緊迫した状況じゃったのぅ」

「お前、ああいう場面では全然出てこないのな」

「面白くないからのぅ」

「面白くないって」

「それに、生者達が信念をぶつけあう場に、死んだ者が口を出すべきではなかろう」

「……まあ、な」

カーミラは両手を持ち上げて、むーんと伸びをする。

「これからどうするのじゃ、ゼノス」

「そうだな……」

あの場をおさめるため、【仲裁者】を名乗り出たが、結局信じてはもらえなかったようだ。

ある意味、当面の危機は脱したとも言えるのか。

クリシュナはこれからも【仲裁者】を探し続けるつもりなのだろうか。

閉まったドアを無言で眺めていると、リリがむぅと唸《うな》った。

「どうした、リリ?」

「クリシュナさん、貧民街に行くつもりなのかな」

「多分そうだろうな。クリシュナは【仲裁者】が貧民街に潜伏してると思っているみたいだしな」

「でも、いきなり反対方向に行ったよ」

「あの方向音痴っ」

思わず頭を抱え、ふと思う。

本当に、そうだろうか。

「まさか……」

「先生、どうしたんだい？」

顔を覗き込んだゾフィアに、ゼノスは言った。

「クリシュナの行き先は、多分貧民街じゃない」

＋＋＋

輝かしき王都の貴族特区。

白亜の石畳が整然と敷き詰められた通りの奥に、瀟洒《しょうしゃ》な屋敷があった。

薄い西日の差す応接室で、恰幅《かっぷく》の良い初老の紳士が言った。

「しかし、驚きましたな。近衛師団の副師団長が突然訪ねてこられるとは」

「お忙しいところ、申し訳ない。カレンドール卿」

向かいのソファに腰を下ろしたクリシュナは、出された紅茶を啜《すす》った。

「あふっ」

「どうされたのかな？」

「ああ、失礼。猫舌は私の唯一の弱点でして」

「ほっほっほ、【鋼鉄の淑女《アイアン・ローズ》】も弱点があるんですな。これは東国から取り寄せた逸品でね、お口に合えばよいが」

「ええ、とても美味《おい》しいです」

芳醇《ほうじゅん》な香りがして、上品で高級な味わいがする。

しかし、廃墟街で口にした紅茶の素朴な風味が、なぜか懐かしく思い出された。

窓の外に目をやると、立派な針葉樹が林立する裏庭が広がっている。

花壇脇の簡素な井戸小屋ですら、廃墟街のあの建物より随分と立派だ。

「それで、どういったご用件ですかな」

「ええ、それが……」

子供の不正売買の噂を聞いてやってきた——とは勿論、言えない。

自分は一体何をしているのだろう、とクリシュナは自嘲《じちょう》する。

亜人の言葉に踊らされて（道に迷いながら）こんなところまで来てしまった。

不正売買の温床は貴族。そんなはずがない。

無論、こんな不確かな情報を本部にあげるわけにもいかない。

単なる世迷言《よまいごと》であることを、念のため確かめに来ただけだ。

そう思い直して、クリシュナは白磁のカップを置いた。

「卿は、盗賊が時々特区に侵入しているのはご存じですか」

「聞いたことはある。確かリザードマンの盗賊団があるとか……」

「ええ。我々としては一層の警備強化に努める所存です」

「そうお願いしたいものですな」

「勿論です。しかし、警備で全《すべ》てのエリアをカバーするのは現実的ではありません。貴族の皆様自身にも防犯意識を高めていただきたいと考えているのです」

「ふむ。それは正論だ」

「そこで、お屋敷の中を見せていただいて、現状の防犯体制やリスクの高い場所をチェックさせてもらいたいのです」

クリシュナはそう言って、カレンドール卿を注視した。

疾風のゾフィアは、捜査の手が厳しくなっている今、一部の子供を屋敷の特別室に移動させていると言った。

貴族の屋敷に一般人は入れないし、部屋は捨てるほどある。

ある意味では非常に安全な隠し場所というのは確かかもしれない。

だが、相手の好々爺《こうこうや》然とした表情には少しも変化は見られなかった。

「それはいい考えですな。しかし、事前に言ってくれればもう少し準備をしたものを」

「なるべく普段の状態を見せていただきたく、失礼ながら抜き打ちでやらせていただいているのです」

「ほっほっほ、なるほど。いいでしょう。夕食までは暇ですからな、わしが案内しますよ」

「卿直々にご案内とは恐れ入ります」

クリシュナはカレンドール卿の後について、屋敷内を見て回った。

部屋は勿論、キッチンや浴室、地下の食料庫まで広大な屋敷内をくまなく観察したが、子供の幽閉場所らしき痕跡は見られない。

――やはり戯言か。

わざわざ確かめにくるまでもなかった。虚言に乗せられた自分自身への怒りと呆《あき》れを感じると同時に、どこかほっとした気持ちでもあった。

「いかがでしたかな、クリシュナ殿」

「ええ、思った以上に警備が行き届いていますね。これなら賊も侵入には難儀するでしょう」

「ほっほっほ、近衛師団の副師団長にそう太鼓判を押されたら安心ですな」

「まあ、強いて指摘するならば、警備のバラ……」

そこでクリシュナは言葉を止めた。

「ん、どうなされたかね」

「……ああ、いえ、何でもありません。失礼ですが、帰る前にお手洗いをお借りしても?」

「ほっほっほ、どうぞどうぞ」

クリシュナは礼をしてその場を離れ、廊下に出た。

鼓動が少しだけ早くなっている。

これだけの敷地を持っていても、カレンドール卿は貴族の中では下級と中級の間くらいだ。

その割には、やけに警備が厳重なことが、ふと気になった。

単に用心深い性格で片づけられるかもしれないが、加えて妙なのは警備のバランスだった。外壁の周囲も一通り巡ったが、正門側に比べて、裏手側にやけに警備の人手が集中していたことを思い出す。

クリシュナは廊下の窓を開け、裏庭に降り立った。

――まさかな……。

視線の先にあるのは、簡素な井戸小屋だ。

周囲を確認したクリシュナは、庭木の陰に隠れながら、素早く井戸小屋へと移動した。魔法銃は屋敷に入る際に預けざるを得なかったため、空のホルスターが妙に心細く感じる。

――違うことを確かめて、すぐに戻るだけだ。

古びた小屋の戸を押し開け、クリシュナは井戸の中を覗き込んだ。

底は暗くて見通せない。

小石を拾い上げて、中へ落とすとからんと乾いた音がした。

――水が、枯れている。

井戸の内側には、小さな手すりがついている。

誤って落ちた時のために、井戸に手すりをつけるのは決して珍しくはない。

だが――

クリシュナはごくりと喉を鳴らした。

迅速な身のこなしで手すりを滑るように下りると、底は小さな空間になっていた。

井戸水の痕跡はなく、堆積した木の葉がかさかさと乾いた音を立てる。

暗闇に次第に目が慣れてくると、奥に見えたのは南京錠《なんきん》のかかった重厚な鉄の扉だった。

「嘘《うそ》、だろう……」

軽いめまいを覚えながら、クリシュナはその場に佇《たたず》んだ。

——どうすれば……。

ゆっくり考えている暇はない。

本来であればカレンドール卿の立ち会いの下に中を確認すべきだが、嫌だと言われたらそれまでだ。そして、一度貴族に拒否をされると、明確な証拠でもない限りは、近衛師団といえども屋敷への立ち入りは難しくなる。

今回の口実が使えるのは一回きり。

確認するなら、今しかない。

しかし、一方で、これが単なる隠し金庫という可能性も十分にある。

勝手に開ければ、当然罪に問われる。

「それでも——……」

クリシュナはゆっくりと一歩を踏み出した。

もしも——

もしも、この中に子供達が囚《とら》われているとしたら。

彼らが、ヒーローの助けを待っているならば——

クリシュナは息を殺して、ベルトの金具を外し、先端を錠前に差し入れた。近衛師団は防犯訓練で鍵の構造を習う。少し時間はかかるが、ある程度の鍵なら開けることはできる。なんとか開錠し、取っ手に手をかけ、重い扉を押し開けた。

「あぁ……」

クリシュナは呻《うめ》いた。

鉄格子の向こうには、十数人の子供達がいた。

皆が一様に目隠しをされ、手足に鉄枷《かせ》をつけられている。

一番手前にいた女の子が、震えながら言った。

「誰っ？　こ、怖い人っ？」

「大丈夫だ。無表情で怖いとはよく言われるが、君達に危害を加える者ではないよ」

互いに身を寄せ合い、おびえきった様子に、胸が締め付けられる。

カレンドール卿と自身への怒りが、腹の奥で渦を巻いた。

だが、証拠はこの目で確認した。これなら本部を動かせるはずだ。

「君達こそ怖かっただろう。少しだけ待っていてくれ。すぐに助けに戻ってくる」

「あ、あなたは誰なの……？」

「私か？　私は正義のヒー……」

ボグゥッ！

脇腹《わきばら》に焼けるような熱を感じ、クリシュナは鉄格子に激突した。

激痛に耐えながら振り返ると、そこにはカレンドール卿の姿があった。

手にしているのは、クリシュナの魔法銃だ。

「さすが近衛師団の魔法銃は性能が違うなぁ。火力最大にすれば、捕獲弾でもこの威力か。これはガキの脅しにも使えそうだ」

先ほどまでの穏やかな表情は消え、顔面に嗜虐《しぎゃく》的な笑みが張り付いている。

「戻りが遅いんで、嫌な予感がして見に来たら、まさかここに気づいたとはなぁ。勝手にうろついたら駄目じゃあないか」

「く、そっ……ぐあぁっ！」

飛び掛かろうとしたら、もう一発が発射され、左手に衝撃が走った。

目隠しをされた子供達も異変を感じたようで、一斉にすすり泣きを始める。

「こ……こんな真似をしてただで済むと思っているのか」

「ああ、思っているぞ。ここでお前を消せば、全て元通りだ。最初から誰もここには来ていなかった。そうだろう？」

ごふ、と咳《せ》き込《こ》むと、口の中から鮮血が溢《あふ》れ出した。

脇腹はえぐれ、左腕は肘から先がなくなっている。

クリシュナはその場でがっくりと膝をつく。

——ざまあないな……。

貧民を恨み、貧民を疑い、貧民を取り締まった。

しかし、この件で正しかったのは貧民の言葉だった。

泣いている子供一人救い出せないなんて、所詮《しょせん》は、まがい物の正義。

これがまやかしのヒーローの末路だ。

「近衛師団ごときが、貴族様に余計な真似をしちゃいかんなぁ」

カレンドール卿は、体温を感じさせない目で、銃を手にゆっくりと近づいてくる。

体はやけに冷たく、すでに痛みすら感じなくなっていた。

「お前らは黙って愚民共を取り締まっていればいいんだよ。そうだろう?」

持ち上がった銃口が、クリシュナに照準を合わせる。

せめて子供達に流れ弾が当たらないよう、クリシュナは歯を食いしばり、鉄格子の前から這《は》って移動した。

「ふはは、完璧な【鋼鉄の淑女《アイアン・ローズ》】がみじめな姿だ」

――ごめん。

クリシュナはごほごほとむせた。

「貧民街のガキを数十匹さらったくらいで、ごちゃごちゃうるさいんだよ」

――ごめんね、みんな。

肺から血が溢れ出してくる。

「わしは貴族だ。愚民と違って何をやっても許されるのだ。わかったか、あぁ?」

――ごめんね、お母さん。

胸の底が鈍く痛み、呼吸が細くなる。

「階級こそが正義なのだ。身勝手な行動は、死で償ってもらわんとなぁ」

——私は、本物のヒーローにはなれなかったよ。

涙が滲《にじ》み、目の前がかすんでいく。

「……ん？」

終わりを覚悟した瞬間、カレンドール卿が、引き金にかけた指を止めた。

なんだか外が騒がしい気がする。

突如、警備と思《おぼ》しき男の叫び声が響いた。

「賊だっ。賊が浸入してきたっ！」

「なんだとっ！」

外から怒号が轟《とどろ》き、カレンドール卿は、頭上を見上げる。

大勢が争っているような声が、狭い空間内に反響した。

次の瞬間、何者かが井戸の中にすとんと下りてきた。

「なんだ、まだ生きてるじゃないか。もう少し遅く来るべきだったねぇ」

後ろで一つにまとめた黒い長髪に、吊《つ》り上《あ》がった鋭い瞳の女が、気怠《けだる》い調子で言った。

「疾風の、ゾフィア……な、なぜ……」

血を吐きながら呟くと、その後ろから別の声が聞こえた。

「まったく、無茶しやがって。悪い意味で期待を裏切らない奴だな、お前は」

薄闇《うすやみ》の中で、近づいてくるその人物の輪郭が、少しずつ鮮明になっていく。

「わざわざ往診に来てやったぞ。死ぬほど高くつくから、覚悟しておけ」

夜をまとったような漆黒の外套に身を包み、面倒くさそうに悪態をつくその姿は、しかし——

間違いなくヒーローそのものに見えた。

＋＋＋

「き、貴様らは、なんだっ！」

突然、井戸の底に現れた二人に、カレンドール卿は慌てて銃口を向けた。

ゼノスはゆっくりと近づきながら答える。

「気にするな。しがない回復屋だ」

「は？　な、なんだって？」

「あたしは単なる道案内さね」

「ふっ、ふざけるなっ。訳のわからんことをっ。おい、誰かっ、誰かおらんのかっ！」

懸命に叫ぶカレンドール卿だが、援軍がやってくる気配はない。

外では男達の怒号がいまだ荒々しく飛び交っている。

「表であたしの手下共が暴れているからねぇ。しばらく応援は来ないよ」

「よ、よく見ると貴様はリザードマンか……そっ、そうか、貴様らが噂の盗賊だな！」

カレンドール卿は勝ち誇った顔で、引き金に指をかける。

「ふははっ、脅かすな、馬鹿《ばか》者っ。貧民街の盗賊なら撃ち殺しても何の問題もないではないか。そこになおれっ、順番に処刑してやるわ」

「忍び込んでおいてなんだけど、本当に嫌になるねぇ、こういう輩《やから》は」

「貴族ってみんなこうなのか？」

「人によるみたいだけどねぇ」

肩をすくめるゾフィアの前に、ゼノスが進み出た。

息も絶え絶えなクリシュナが、懸命の警告を発する。

「ゼノス氏……き、気をつけろ。……い、くら、貴公が防護魔法の達人であっても……リミッターを外せば相当な殺傷力が……」

ボグゥンッ！

言いきる前に、カレンドール卿が持つ魔法銃が火を吹いた。

火炎をまとった銃弾が、旋回しながらゼノスに直撃する。

「はっ、ふははは、馬鹿めっ。盗賊ごときが神聖な貴族の敷地に立ち入るなど身の程を知れっ」

「確かにちょっと痛いな、これ」

「なにぃぃぃっ!!」

煙が晴れた後には、腹をさすったゼノスが無傷で立っていた。

「な、なぜだっ！　何が起こったっ！」

カレンドール卿は、続けざまに発砲する。

銃声が空間内に幾重にも反響し、白煙が充満した。

立ち込める煙を抜けて、ゼノスはカレンドール卿との距離を詰める。

「めちゃくちゃ撃ってくるな。少しくらい遠慮しないのか……？」

「ば、化け物かっ」

後ずさったカレンドール卿の背が、鉄格子に触れた。

「ひっ」

ひやりとした感触に驚いて、カレンドール卿は魔法銃を取り落としてしまう。

ゼノスはそれをおもむろに拾い上げ、銃口を男に向けた。

「なっ、げっ、下民ごときが貴族のわしに銃を向けるとは何事かぁっ」

「人を撃つなら、自分が撃たれる覚悟も必要だ。覚えておいたほうがいいぞ」

引き金に指をかけると、カレンドール卿は両手を上げて慌てて跪《ひざまず》いた。

「ま、ままま、待てっ、わ、わかった。か、金は払う。貴様らは盗賊だろう。いくらだ？　いくら欲しい？」

「俺は盗賊じゃないんでね。金が払いたければ、そこの彼女に好きなだけあげてくれ」

ゼノスは、後ろで腕を組んだゾフィアを親指で示した。

「……くれるって言うなら、もらってやってもいいけどねぇ。今回は単なる道案内だから、先生の用事次第だねぇ」

すると、カレンドール卿は膝をついたまま、猫なで声でゼノスにすり寄ってくる。

「な、ならば、貴様は何が欲しいんだ。な、何でもやるからその銃を下ろせ。なっ？」

「まあ……正直、俺はあんたに会ったばかりだし、過去に直接ひどい仕打ちを受けたわけでもない。恨みと言えば、たった今容赦なく撃たれたくらいだ」

「わ、わわ……わ、悪かった。悪かったよ。このわしが謝ったんだぞ、見逃してくれ」

「駄目」

「な、なぜだっ……」

愕然《がくぜん》としたカレンドール卿は、虫の息のクリシュナをちらりと見た。

「そ、そうかっ。あの女にも謝ればいいんだな。わ、わしが悪かった。ちょっと頭に血が上っていたんだ。勢いで撃っただけだから許してくれ、な？」

カレンドール卿はクリシュナにぞんざいに頭を下げ、すがりつくような目をゼノスに向ける。

「ど、どうだ、これでいいか？」

「却下」

「な、なんでだぁぁっ、謝っただろぅ、今」

「それで謝ったつもりなのもすごいが、よく考えたら俺はクリシュナの友達でもないし、世話になったわけでもないし、むしろ世話をした側だし」

「そ、それなら一体、何が気にくわんのだっ」

「あんたが一番謝らなきゃいけない相手がまだいるだろ」

ゼノスは、銃口をカレンドール卿の額にひたと添えた。

「だ、だだっ、誰に謝れと言うんだ」

「……本当にわからないのか？」

「わ、わかるかっ。そうか、貴様、わしをそうやって脅して支払額を釣り上げるつもりかっ」

「うん……わかってないみたいだから、お仕置き」

「ちょ、ちょっと、待っ――」

ゼノスは慌てるカレンドール卿から目を一瞬外し、鉄格子の奥で震えている子供達を見つめた。

「こんな目に遭わせるなんて、俺の未来のお客様候補になにしてくれるんだっ！」

ボグゥンッ！

魔法銃が派手に火を吹き、カレンドール卿の額に命中。肥満体が吹き飛ぶ。

「ごべぇぇぇぇぇぇぇぇぇっ!!」

その身は縦に回転して、逆さまの姿勢で鉄格子に激突した。

白目を剥《む》いたカレンドール卿の口からごぼごぼと泡がふきだし、漏《も》れた尿がその顔面を濡《ぬ》らす。

「……まさか、殺し……た、のか……？」

地面に這いつくばったまま、クリシュナが呻くように言った。

「死んじゃいないさ。リミッターをつけて撃ったからな。まあ当分目覚めないだろうがな」

ゼノスは魔法銃をクリシュナのそばに投げて寄越《よこ》した。

「こいつを真に裁くのは俺の役目じゃない。そうだろ？」

「……だが、わ……たしは……」

細くなる呼吸を自覚しながら、クリシュナは言葉を漏らした。

「もう……手おくれ……だ……。た、頼む、この件を……近衛師団の本部に……」

「はあ？　誰がそんな面倒なことやるか。それはお前の仕事だろ」

「し……かし……」

クリシュナはもう話を続ける気力もないようだった。

ゼノスはそばに膝をつき、傷口を覗き込んだ。

「左腕と脇腹。あと内臓も一部やられてるみたいだな」

「あ、ああ……」

「これくらいで、なにを諦《あきら》めた顔をしてるんだ。【鋼鉄の淑女《アイアン・ローズ》】の名が泣くぞ」

「……え？」

ゼノスはクリシュナの傷口に両手をかざした。

「ただ、すぐに動けるレベルで完治させるには、まあまあ気合がいるな。後で請求額見て泣くなよ」

「な、何を……」

傷を覆うように添えられたゼノスの手の平から、白色光が溢れ出し、中空で螺旋《らせん》を描く。

それがクリシュナの身を取り巻くと、まとわりついた倦怠《けんたい》感と死の予感が徐々に遠のき、まるで揺りかごのような心地よさに包まれた。

「血管損傷、骨損壊、軟部組織の挫滅、壊死《えし》あり。止血、疼痛《とうつう》緩和、組織修復、再生を同時に行う」

「ゼノス、氏……貴公は……一体……」

「気が散るからちょっと黙ってろ」

白光《びゃっこう》に浮かび上がる真剣な横顔は、さながら光の衣をまとった――

「救世主《ヒーロー》……」

無意識にそう呟いたクリシュナに、ゼノスは苦笑して返す。

「そんな大層なもんじゃない。俺はただの場末の闇ヒーラーだ」

溢れ出す光が七色に煌《きら》めき、そして、弾《はじ》けた――

＋＋＋

「信じられん……」

井戸の底で、治療を終えたクリシュナは、ただ呆然《ぼうぜん》と言った。

えぐれた脇腹も、吹き飛んだ左腕もすっかり綺麗になっている。何度か指を閉じたり開いたりしながら、感嘆と驚嘆が交じり合った口調で、再び同じ言葉を繰り返した。

「信じられん……」

やがて、その青い瞳が、隣で疲れた様子で腰を下ろしている男に向けられる。

「この驚異的な治癒魔法――ゼノス氏こそが【仲裁者】だったのか」

「いや、そう言っただろ。たまには人の話を聞け」

「しっ、しかし、到底信じられるものではあるまい。防護魔法だけでなく、治癒魔法も極めているなど、魔法学の常識では考えられない」

「だから、別に極めてないし、治癒も防護も能力強化も体の機能を強めることなんだから、基本は一緒だろ」

「さっぱり理解できん。というか、能力強化魔法も使えるのか」

壁を背にして、腕を組んだゾフィアが横から言った。

「別にいいじゃないか、【鋼鉄の淑女《アイアン・ローズ》】。あんたが信じようが信じまいが、目の前で起きたことが真実なんだ。これであんたの鉄塊みたいに凝り固まった頭も、ちょっとは柔らかくなったんじゃないかい」

「そ、そうかもしれないが……」

クリシュナはしばらく口を閉じた後、ゾフィアに向かって頭を下げた。

「……すまなかったな。今回の件、間違っていたのは私だった。貴公が正しかった」

「なんだい、急にしおらしくなって。調子くるうじゃないか。頭でも打ったのかい」

「頭は打ってないが、腕と脇腹が吹き飛んで、それが元に戻ったんだ。多少は変わるさ」

近衛師団の副師団長は、少し寂しそうに言った。

「私は、完璧なヒーローなどではなかった……。ゼノス氏のような者こそ、完璧なヒーローだと思い知った」

「あのな、俺のどこが完璧なヒーローだ」

ゼノスは地面に座りこんだまま、ぼりぼりと頭をかく。

「俺なんて、ガキの頃は残飯あさってぎりぎり生きてきたし、まともな教育は受けてないし、冒険者パーティではひどい目に遭うし、そもそもライセンスも持ってない……」

「す、すまないっ。変な地雷を踏んでしまったようだ」

戸惑うクリシュナに、ゼノスは浅く息を吐いて言った。

「完璧なヒーローなんてそもそもいないんだよ。何かのために戦っている奴ってのは、嫌でも傷を負うもんだ。だから、俺みたいな治癒師がいる」

「ゼノス氏……」

「まあ、受け売りの言葉だけどな」

ゼノスはゆっくりと後ろを振り返った。

「ただ、どれだけ傷ついても、どれだけボロボロになっても、あいつらにとっては間違いなくお前はヒーローだと思うぞ」

「あいつら……？」

鉄格子の奥では目隠しをされた子供達が、不安そうに顔をきょろきょろさせている。

急に静かになったことで、手前の女の子が恐る恐る言った。

「ね、ねえ、どうなったの？　あの人は、正義のヒーローはどうなったの？」

「……っ！」

クリシュナは青い目を見開き、震える唇を動かす。

「し、しかし、私は結局何も……」

ゼノスは、クリシュナの肩を軽く叩《たた》いた。

「お前が真っ先に動いたんだ。不確実な情報の中で、貴族という権力に抗《あらが》って、それでも待っている子供がいるかもしれないと、暗闇に踏み出したんだろ。俺達は単なるついでだ。この事件のヒーローはお前しかいないよ」

「私が……私、は……」

クリシュナはよろよろと立ち上がり、鉄格子に近づいた。

「み……みんなっ、大丈夫だ。私はなんとか無事だ。すぐに助けるから、もう少しだけ待っていてくれ」

子供達からわっと喝采《かっさい》が上がる。「ありがとう、ヒーロー！」との言葉に、クリシュナは目を固く閉じ、胸をぐっと押さえた。

「母も……そうだったのだろうか……」

「……？」

「私は、母のことをずっと哀れな被害者だと思っていた。だけど……だけどっ、母はいつも目を輝かせて。手をかけた料理を貧民街の子供に届けて……」

「……そうだな。お前が今子供のヒーローになったみたいに、きっと誰かのヒーローだったと思うぞ」

あぁ、とクリシュナは呻く。

ずっと、ずっと完璧なヒーローであろうとした。

だけど――

そうだ。

そうだったのだ。

「私の母は……不器用で、慌て者で、怒りっぽくて、忘れ物が多くて、弱点だらけの人だった。それでも……それでも、確かに――」

胸に置いた手を握りしめたまま、クリシュナは絞り出すように言った。

「間違いなく、私のヒーローだったんだ――」

青い瞳の端から、一筋の雫《しずく》がこぼれ落ちる。

涙はあとからあとから溢れ出し、床を埋める乾いた落ち葉にしみこんでいった。

壁を背にしたゾフィアが、井戸の外に耳を澄まして軽く肩をすくめる。

「先生、そろそろ近衛師団が騒ぎを嗅ぎつけてくる頃だよ」

「ああ、日陰者はずらかるか」

ゼノスはゾフィアの後に続き、クリシュナを振り返る。

「それじゃあ、残りはお前の仕事だ。頼んだぞ、ヒーロー。金は後できっちり払いに来いよ」

「ちょ、ちょっとだけ待ってくれ」

クリシュナは慌てて涙を拭《ぬぐ》い、ゼノス達を呼び止める。

「一つだけ聞かせてくれないか。どうして私を助けに来たんだ」

自分は随分と失礼な真似をした。

こんな危険を冒してまでやってくる義理はないはずだとクリシュナは言った。

足を止めたゾフィアとゼノスは、互いに顔を見合わせる。

「あたしは放っておくように言ったんだけどねぇ、先生がどうしてもって言うからさ。危険手当を出すからカレンドールの屋敷に連れて行ってくれって。あんたのことは嫌いだけど、先生に頼まれたら嫌とは言えないからねぇ」

「ゼノス氏が？　ゼノス氏はどうして……？」

クリシュナにまっすぐ見つめられ、ゼノスは静かに答えた。

「……宿泊代」

「え？」

「お前、ベッドを貸した時に謝礼は払うって言っただろ。こっちは神経すり減らすわ、その間は他の客は取れないわで、大変だったんだぞ。俺はサービスの対価はきっちりもらうことに決めてるんだ。お前が無茶して死んだら取り立てができないだろ。さっきの治療代と合わせて、耳揃えてしっかり払えよ」

「……」

クリシュナは青い瞳をぱちくりと瞬かせる。

宿泊代を取り立てるため。

これだけの危険を冒して、警備の厳しい特区の貴族邸にやってくる。

何をどう考えても、割に合うはずがないのに。

どこまで本気で言ってるのかわからないが、これがゼノスという男なのだろう。

「ふっ……」

思わず口から吐息が漏れる。

「ふふっ……ははっ……ははは、はははははっ」

意図せず、喉の奥から次々と息が漏れてくる。

その姿をゼノスとゾフィアが少し驚いたように見つめていた。

「ど、どうしたのだ？」

「……いや。お前、笑えるじゃないか」

「――！」

クリシュナは口を押さえたまま、呆然と立ちすくむ。

母が死んだ日から、笑うことをやめてしまった。

当初は、怒りと悲しみのあまり笑うことなどできなかった。

近衛兵になった後は、悪人を殲滅《せんめつ》するまでは笑っている暇などないと思っていた。

そうして、いつしか笑いかたを忘れてしまった。

「そうか……。私は……今、笑っていたのか……」

クリシュナは呆然としながら、頬に手をやった。

「まあ、だいぶ笑顔がぎこちないけどな」

「むしろ余計に不気味さが増したねぇ」

二人の揶揄《やゆ》に、クリシュナはムっとして言い返す。

「し、仕方ないだろう。笑うのは久しぶりなのだ。笑顔が下手なのは、私の唯一の——いや……」

クリシュナは目の端の涙を拭いながら、口元を優しく綻《ほころ》ばせてこう続けた。

「色々ある弱点の、一つだ」

+++

クリシュナが治療院にやってきたのは、事件から七日後のことだった。

「遅い。踏み倒す気かと思ったぞ」

ゼノスが言うと、クリシュナは悪びれない調子で返した。

「すまない。なんせ方向音痴なもので、辿り着くのに時間がかかってしまった」

「いや、方向音痴にも程があるだろ」

「仕方なかろう。私は弱点の多い人間だからな」

「くっ、面倒くさい方向に開き直りやがった……！」

クリシュナは、穏やかに笑った。

先週よりも笑顔は少し柔らかくなっている。

「まあ、冗談だ。事件の後処理で、全く休みが取れない状況だったのだ。すまなかった。その分少

し多めに持ってきたから許してくれ」

「一応、無事に片付いたのか」

「やっと最初の山を登り始めたところだな」

カレンドール卿は子供の拉致《らち》監禁については認めざるを得なかったものの、売買ルートについては口が重く、全容の解明にはまだまだ時間がかかりそうとのことだった。

それでも、貴族の闇にメスが入ったことに、中央では相当の注目を集めているという。

「まあ、一歩ずつ地道にやっていくさ」

「お前はしつこいからな。別に心配はしていない。そういえば、俺、貴族に思いっきり銃弾ぶち込んだな……」

「それは大丈夫だろう。あの貴族も死んだと思った私がぴんぴんしていたので、記憶がかなり混乱しているようだからな」

クリシュナは苦笑して、深々と頭を下げた。

「全てゼノス氏のおかげだ。この通り、礼を言う」

「別に、俺は最後にちょろっと現れただけだ」

「もし貴公が望めば、特別協力者として近衛師団長から表彰するように掛け合うこともできるが」

「絶対嫌だ。そんなことしたら目立つだろうが」

「ふっ、貴公ならそう言うと思っていたよ」

「あ、あの、クリシュナさん」

後ろに立っていたリリが恐る恐る口を挟んだ。

「その、ゼノスのことは……」

「ああ、【仲裁者】の件か」

クリシュナは少し声を低くした。

「貧民街の主要種族をまとめあげ、市民に害をなす扇動の旗印――【仲裁者】」

青い瞳が、ゼノスを正面から捉《とら》える。

「……そんな人物は見当たらなかった。本部にはそう報告したよ」

「い、いいんですか」

「いいのだよ、エルフの子。我々が探していたのは、市民に害をなす危険人物だ。残念ながら私が見つけた【仲裁者】は、危険思想とは程遠く、宿泊代の回収に躍起になる程度の小人物だったからな」

「さりげなくけなしてない？」

「多少は軽口が叩けるようになったのも、貴公のおかげだ」

うっすらと微笑《ほほえ》んだクリシュナは、確認するように言った。

「しかし、ゼノス氏、本当にいいんだな。貴公は事件解決に向け目覚ましい活躍をした。その一切《いっさい》を記録に残さないでも」

「いい。むしろ、俺の名前を書いたら化けて夢に出るぞ」

「……わかった。化けて夢に出られるのも悪くないが、公式記録には一切残さないようにしよう。しかし、記録に残らずとも、私の記憶には確かに刻まれているよ。廃墟街の片隅のヒーローのことは」

「おおげさだな。俺は単に傷を治しただけだ」

「ああ、そうだな。貴公は、私の傷を癒《い》やしてくれた……」

クリシュナは胸に手を当てて、少しうつむいた。

しばらくその姿勢でいた後、やがて、意を決したように顔を上げた。

「あ、あのな……ゼノス氏」

「なんだ？」

「その、いくら【仲裁者】が危険人物でないとわかったとは言え、貴公の影響力は近衛師団の副師団長として、決して無視はできんのだ」

「無視していいぞ。むしろ、積極的に無視してくれ」

「そうはいかん。だから、時々……」

「ん？」

クリシュナはもごもごと口を動かした。

「と、時々……監視に来てもいいか？」

なぜか、その顔が真っ赤になっている気がする。

「断る」

「ええっ……！」

クリシュナは小さく叫んで、がっくりとうなだれた。

「そ、そうか、嫌か……。そうだよな……女は笑顔と言うものな……。こんな鉄仮面のように笑顔が硬い女は願い下げと言われても仕方がな……」

「泣きそうな顔で何をごちゃごちゃ言ってるんだ？　監視は嫌だが、用事があるなら勝手に来い」

「い、いいのかっ⁉」

「いきなり明るくなったな。だが、ただでさえうるさい客が多いから、治療の邪魔だけはするなよ」

「わかった！」

「と言うか、近衛師団が闇営業の治療院に出入りしてもいいのか」

「ふっ、幸い治療院営業に関しては、王立治療院の管轄だから、私が口を出すことはない」

「今度は急にドヤ顔になったな？」

そうして、クリシュナは妙に軽《かろ》やかな足取りで出て行った。

あいつ、あんなに表情変わる奴だったか？

「最後の話は、結局なんだったんだ……？」

「むむぅぅ、また美人のライバルが……むぅぅぅ」

「どうしてリリがむくれてるんだ？」

二階から、笑いをかみ殺した声が、一言。

「くくく……やっぱり厄介な女が増えたのぅ」

こうして場末の治療院は、新たな顧客を獲得しつつ、いつも通りひっそりと営業を続けていくのだった。

閑話四

その頃《ころ》アストンのパーティは（Ⅲ）

「やっと着いたな。ったく、無駄に遠いんだよ」

雪をかぶった木々が繁《しげ》る森の奥。

眼前に広がる洞窟《どうくつ》を眺めて、アストンは悪態をついた。

討伐《とうばつ》対象のファイアフォックスは、北方雪原の森の洞窟を棲《す》み処《か》にするという。

馬車は森の中までは入れず、雪に足を取られながら歩く必要があった。

「この俺《おれ》に余計な体力を使わせやがって」

アストンに続いたパーティメンバー達も、次々に愚痴《ぐち》をこぼす。

「あーあ、俺まだ葡萄酒《ぶどうしゅ》が抜けてねえよ」と、補助魔導師《まどうし》のガイル。

「さっさと片づけて、町で飲み直そうぜ」と、弓術士《きゅうじゅつし》のユーマ。

「だな。酒場の娘、俺らが【黄金の不死鳥《ゴールデン・フェニックス》】と言ったら目の色変わってたしな」と、攻撃魔導師のアンドレス。

無傷でA級魔獣を何体も討伐した売り出し中のパーティの名声は、こんな辺境にも轟《とどろ》いていたようだ。

「おい、アンドレス。抜け駆けすんなよ、俺だってあの娘狙《ねら》ってんだ」

「そこは早い者勝ちだろ、ユーマ」

「おいおい。酒場の女ごとき取り合ってもめるなよ。俺らはこれから貴族の令嬢だろうがなんだろうが、思いのままになるんだからよ」

アストンの言葉に、一同はにやついた笑みを返した。

洞窟の奥に進むと、肌寒い空気に熱気が混ざり始める。

ファイアフォックスは、北方に住む希少魔獣で、この時期は子育てで洞窟にこもることで知られている。毛並みが熱を帯び、鮮やかな赤に染まる時期だが、最も気性が荒いタイミングでもあることから、地元の冒険者はまず近づかないと聞く。

とは言え、討伐ランクはB＋。A級魔獣を何体も倒した【黄金の不死鳥《ゴールデン・フェニックス》】の敵ではない。

「くくく、いやがったな」

洞窟の奥に辿《たど》り着くと、二匹のファイアフォックスが目に入った。

その後ろには小さな子供が数匹、みゃーみゃーと鳴いている。

両親と思われるファイアフォックスは、身を低くし、獰猛《どうもう》な唸《うな》り声を上げている。

既にアストン達の気配に気づいていたようだ。

「へっ、随分と警戒されてるみたいだぜ」

「最強のハンターが来たんだから仕方ねえさ。どいつをやる？」

「子供の毛皮のほうが柔らかくて高く売れるみたいだぜ」

「はっ、全部狩ればいいじゃねえか。フェンネル卿も喜ぶだろう」

アストンはそう言って腰の剣を引き抜いた。

その瞬間、ファイアフォックスの毛皮が一層の赤みを帯び、紅蓮《ぐれん》の炎に包まれる。

「せいぜい楽しませてくれよ。ガイル、一応防護魔法を頼むぜ」

「任せとけって」

ガイルは素早く地面に魔法陣を描き、護符をかざした。

詠唱とともに、緑色の光がパーティメンバーを包み込む。

ガルルルッ！

咆哮《ほうこう》とともに、ファイアフォックスが襲い掛かってきた。

うち一匹に斬《き》りかかったアストンだが、するりと身をかわされ、横から体当たり受ける。

「ちっ、意外と素早いじゃねえか。だが、てめえのちんけな攻撃なんざ——あっちぃぃぃっ！」

「え？　なんだよ、これっ？」

見ると、皮膚は赤く腫《は》れ、水疱《すいほう》ができている。

激突された左腕に激痛が走った。

少し離れたところで、弓術士のユーマが叫んだ。

「ぎゃあああっ！」

もう一匹のファイアフォックスが肩に噛《か》みついている。

「いてえっ、いてえよぉぉっ！」

「ちっ、あいつ何やってんだ」

援護しようにも、もう一匹が立て続けに口から火球を吐いてくるため、それをしのぐので精いっぱいだ。

「アンドレスっ。破壊魔法を急げっ」

「い、今やってるっ」

最後方のアンドレスが杖《つえ》をかざしたまま、焦《あせ》りを滲《にじ》ませた。

破壊魔法は威力が大きいが、魔法陣の準備や詠唱に手間がかかる。

前線でアストンが踏ん張り、ユーマが弓で攪乱《かくらん》することで時間を稼ぐ。

その間に詠唱を終えるのが、いつものパターンだった。

「遅えよっ、何をちんたらやってんだっ」

火球をなんとか剣で払い飛ばし、アストンは叫ぶ。

この剣は、なにかの理由で機嫌が悪かった時、腹いせにゼノスにとある地下迷宮に取りに行かせた逸品だ。

大昔の大貴族の墓で、様々なお宝が眠っているが、ゴーストやグール、ヘルハウンドなどが跋扈《ばっこ》する危険地帯でもある。一つでも宝を持ち帰ればギルドから相当な報奨金を得ることができるが、すぐに泣いて逃げ帰ってくると思っていたゼノスが、宝を七つも持ち帰ってきた。なぜか無傷だったので、運だけはいい奴《やつ》だと思ったことを覚えている。

ほとんどは金に換えたり、女のプレゼントにしたりしたが、この剣は切れ味が素晴らしくそのまま使っていた。

だが、その武具をもってしても、火球の熱はアストンの肌をじりじりと焦がしていく。

「破壊魔法を急げっ、アンドレスっ。てめえ、寝てるんじゃねえかっ！」

「だから、今やってるって言っただろ。お前こそ、もうちょっと耐えろよっ！」

「ちっ、無能がっ」

アンドレスもそのうちクビだとアストンは考える。

左腕の痛みはますます強くなり、まったく力が入らない。

思い当たる原因は一つだ。

「てめえ、ガイル。防護魔法ちゃんとかけてんのか」

「か、かけてるよっ。ちょ、ちょっと調子が悪いっていうか」

「はあ、飲みすぎか？　ふざけん……」

「あがあああっ」

ユーマの絶叫が洞窟に響き渡る。

「くそっ！」

どいつもこいつも使えない。ただ戦力が減るのも困る。

アストンは、ユーマに嚙《か》みついたファイアフォックスをなんとか追い払った。

炎をまとった二頭の獣が、唸《うな》り声をあげて警告を発してくる。

いまだに杖をかざしたままのアンドレスが、恐る恐る口を開く。

「ど、どうする、アストン」

「破壊魔法の準備はどうなってる」

「毛皮を持ち帰るには、出力を適度に抑えなきゃなんねえ。威力の調整にまだ時間がかかる」

「……くっ、仕方がねえ。一度退くぞ、くそがっ」

奥歯を噛み締《し》めたアストンは、ぐったりしたユーマを引きずって、洞窟の入り口まで戻ってきた。

幸いファイアフォックスの注意は子供に向いているようで、追ってくることはなかった。

「お前ら、B+級程度の魔獣に何をてこずってんだよ」

「お前だって、ろくに戦えてなかったじゃねえか。なんだよ、あのとろい動きはよ」

「あぁっ？」

アストンとアンドレスが摑《つか》み合《あ》いになりかけた時、ガイルがぼそりと言った。

「……なあ。まさかだけど……」

ごくり、とガイルの喉《のど》が鳴った。

「ゼノスの野郎の話が本当だったってことはないよな……？」

怪我《けが》した時は、治癒《ちゆ》魔法で即座に回復。

防護魔法や能力強化魔法も使用し、そもそも怪我しにくいようにもしていた。

ゼノスは確かそんなことを言っていた。

「そんなことあるわけねえだろ。てめえは酔ってんのか」

「そ、そうだよな。悪い、アストン」

ガイルは自身を納得させるように何度も頷《うなず》いた。

アストンは腕の痛みに顔をしかめながら、ふと思いついたように呟《つぶや》く。

「……だが、治癒師を雇うのはありかもな。ゼノスみたいな無能な貧民とは違う、腕利《うでき》きの治癒師をな」

まだ討伐の期限には余裕がある。

支度《したく》金も十分にもらっているから、急な依頼でも誰《だれ》かは雇えるだろう。

目の前には栄光の道が広がっているのだ。こんなところで躓《つまず》くわけにはいかない。

「よし。一旦《いったん》最寄りの町に戻って、ギルドに掛け合う。てめえは禁酒だぞ、ガイル」

「あ、ああ」

破滅の音が、パーティの足元にひたひたと迫っていた。

＋＋＋

それから十日後。

「随分と時間を食っちまったな」

再び森の洞窟に戻ってきたアストンは入り口で舌打ちをした。

最寄りの町で臨時の治癒師を探したが、急な依頼のためなかなか見つからず、フェンネル卿に設定された期限は刻一刻と迫っていた。結局、ギルドにかなり無理を通して、近隣の村にたまたま往診に来ていた治癒師を斡旋してもらったのだった。

「頼むぜ。しっかり役に立ってくれよ」

「あまり期待しないで下さい。私は普段は王都で治癒師をしていて、冒険者資格は一応持っているだけですから」

アストンが雇った女治癒師は、ウミンと名乗った。

丸い眼鏡《めがね》をかけ、青い髪が揺れる肩には、雪がうっすらと積もっている。

「それにしても、A級魔獣ですら無傷で倒すと評判の【黄金の不死鳥《ゴールデン・フェニックス》】が、どうして私のような中級治癒師のサポートを求めるのですか」

「……こっちにも色々事情があるんだよ」

アストンは不機嫌に言った。

「な、なあ、治癒師の姉ちゃん。ユーマは大丈夫なのか？」

「ユーマというのは、あの弓使いのお兄さんですか。一命はなんとか取り留めましたが、もう冒険は……」

補助魔導師のガイルの問いに、治療にあたったウミンはうつむいて答える。

「な、なあ、アストン、どうする……？」

「どうもこうも獲物を狩って持ち帰るだけだ。まさか怖気《おじけ》づいたのか、アンドレス」

「い、いや……」

娘の誕生日にファイアフォックスの毛皮を使ったマフラーを贈りたい。

それがフェンネル卿の要望だ。

移動時間を考慮すると、今日には毛皮を手に入れて帰途につかなければならない。

本来はさっさと獲物を狩って、途中の町で豪遊しながら王都に凱旋《がいせん》する予定だったのに。

アストンの苛立《いらだ》ちはピークに達していた。

「ちっ。ユーマは所詮《しょせん》、輝かしい【黄金の不死鳥《ゴールデン・フェニックス》】に相応《ふさわ》しくなかったんだよ。弓使いが一人減ったところで、ガイルが防いで、俺が削って、アンドレス、お前の破壊魔法で仕留める。それで問題はねえ」

「ま、まあ、そうかもしれないけどよ……」

「今度は魔法の発動に手間取るんじゃねえぞ」

「わかってる。事前に準備はしてきた」

「それと、ガイル。今回は酒飲んでねえだろうな」

「あ、ああ、大丈夫だ」

ガイルは何度か頷《うなず》いて、護符を握りしめた。

パーティは洞窟をゆっくりと奥に進む。

だが――

ガルルルウゥッ！

棲み処に辿《たど》り着く前に、二匹のファイアフォックスが、獰猛《どうもう》な唸り声とともに駆け寄ってきた。

おそらく、匂《にお》いで同じハンターがやってきたとわかったのだろう。

先制攻撃を仕掛けてきたのだ。

「ぐっ」

立て続けに吐き出された火球を、アストンは剣でなんとか弾《はじ》き返《かえ》す。特別な文様が刻まれ、炎すら弾くこの剣を地下迷宮で見つけてきたのは、使えないゼノスの数少ない貢献だ。

「ガイルっ、防護を急げっ」

「ああっ、任せとけっ」

ガイルが魔法陣を描き、護符をかざす。詠唱とともに一同は緑色の光に包まれた。

これで一安心。あとはじわじわ相手を削っていくだけだ。

しかし――

「ぐあああっ！」

「馬鹿《ばか》野郎、なにやってんだっ。さっさと起きろ」

火球の直撃を受けたアンドレスが、転げてのたうちまわった。

横目で眺めたアストンが罵声を飛ばす。

防護魔法があるとはいえ、油断しすぎだ。

アストンはファイアフォックスに斬りかかるが、軽くかわされ、剣先は全く獲物に届かない。

「ちっ、どうして当たらねえんだっ」

当たりさえすれば、この剣なら相応の傷を与えることができるのに。

酒はすっかり抜けているはずなのに、体のキレが悪い。

「あのっ、ちょっとっ！」

肩で息をしながら剣を構えていると、後ろで治癒師のウミンの叫びが聞こえた。

振り返ると、ウミンは倒れたアンドレスのそばに膝《ひざ》をついている。

「まだ続ける気ですかっ？　この人、ちゃんと治療しないと危ないですっ」

「あ？」

火球の直撃を受けたアンドレスの胸の部分は赤く腫れあがり、一部は炭化しているように見える。息が細く、冷たい土の上に転がったまま動かない。

アストンは剣を振り回し、ファイアフォックスとの距離を取った。

体の動きが悪い今、単独でこの魔獣を仕留めるのは難しく、どうしてもアンドレスの破壊魔法が必要になる。そのアンドレスが使えない中、ここで粘っても消耗するだけだ。

「くそっ……」

アストンはぎりぎりと奥歯を噛み締めながら、後ずさった。

「おい、どうなってんだよっ！」

洞窟の入り口まで戻ってきたアストンは、補助魔導士のガイルの襟首《えりくび》を摑《つか》んだ。

「真面目《まじめ》にやってんのかっ。今回は調子が悪いなんて言い訳聞かねえぞっ！」

「い、いや、俺にも何がなんだか……」

「防護魔法はかかっていましたよ。あれがなければこの人は即死していたはずです」

ウミンがアンドレスに治癒魔法をかけながら言った。

「結局、重傷負ってりゃ意味ねえだろうがっ。お前、治癒師なんだろ。さっさと治せよ」

「簡単に言わないで下さい。傷の状態に合わせて、術式を組んで詠唱しなきゃいけないんです。なんとか応急処置はしたので、回復魔法陣が整備されている治療院に急いで運ばないと」

「はあ？　俺らにそんな暇ねえんだよ。今ここで完全に治せ」

「あなたこそ何を言ってるんですか。この場で完治なんて上級治癒師だって無理ですよ。そんなことができるとしたら、せいぜい一部の特級治癒師か、聖女様くらいです」

「……」

絶句したアストンの脳裏《のうり》に、かつて追放した男の名前が浮かぶ。

認めたくない、一つの事実。

そういえば、このパーティが無傷でいられなくなったのは、あの男を追い出してからだ。

防護と能力強化魔法で適宜サポートしながら、仮に傷を負っても一瞬で治癒。

ゼノスは確かにそう説明した。それを受け付けなかったのは自分達だ。

「嘘《うそ》だろ……」

冷たい戦慄《せんりつ》が、背筋を一瞬走った気がした。

「おい、ウミンと言ったな。……治癒師のライセンスもないのに、特級クラスの治癒魔法が使える奴《やつ》ってのはいるのか？」

「うーん、考えにくいですけど。まさか、そんな人がいるんですか？」

「い、いや……」

アストンは首を振る。

俺は何を言っている。貧民ごときに、そんな真似《まね》ができるはずがない。

自分の考えすぎだ。あいつはパーティの奴隷として連れていただけなのだ。

ただ、一つ確かなことは、今回のクエストはもう時間切れということだった。

「くそおおっ！」

アストンの怒りの咆哮《ほうこう》が、雪原に空しく響き渡った。

+++

――貴公らに期待した私が馬鹿だった。二度と私の前に姿を見せないでくれ。

満身創痍《まんしんそうい》で王都の拠点に戻ってきたアストン達が目にしたのは、フェンネル卿からのそんな書簡だった。

足元で、何かががらがらと崩れる音をアストンは聞いた気がした。

「ちょ、ちょっと待って下さい。直接フェンネル卿に弁明させて下さい」

書簡を持ってきた使いの男に、アストンは食い下がる。

しかし、男は首を横に振った。

「もうお嬢様の誕生日は過ぎてしまいました。今さら何を弁明するおつもりですか」

「で、ですからっ……」

「アストン殿。フェンネル卿がお怒りになられているのは、討伐失敗だけが原因ではありません。

日程には少し余裕があったはずです。無理だと思ったら、早めに連絡することだってできたでしょう。せめてそれさえしてくれれば、フェンネル卿はお嬢様の誕生日を手ぶらで迎えるという大恥を免れることができたのです」

「そ、それは……」

アストンは拳《こぶし》を握りしめ、その場に立ちすくんだ。

大貴族とお近づきになる機会が目の前にぶら下がっていながら、無理などと言えるはずがないだろう。喉まで出かかった言葉を、ぐっと呑み込む。

「ち……違うんです」

「何が違うのですか」

「俺達はうまくやってたんです。あと少しでファイアフォックスの討伐にも成功するはずでした」

「……何をおっしゃりたいのですか」

「パ、パーティに裏切り者が出たんです」

怪訝《けげん》な表情を浮かべた使者に、アストンは神妙な顔つきで言った。

そうだ。全《すべ》て、あいつのせいにしてしまえ。

「全てうまくいっていたのに、あと一撃でとどめを刺せる時に、ゼノスの野郎が急に邪魔をしたんです」

「……ゼノス？」

使者は首をひねった。

「おかしいですな。【黄金の不死鳥《ゴールデン・フェニックス》】にそのような名前のメンバーがいるとは聞いておりませんが」

「――――!」

そうだった。

貧民街出身者がパーティにいた過去を残さないよう、公式の場や文書には一切《いっさい》ゼノスの名は登場させていなかった。

「はて、ゼノスという方は一体……」

「い、いえ、間違えました。ユーマです。ユーマという弓使いが裏切ったんです」

「おい、アストンっ。お前何を言ってんだ」

後ろで聞いていたガイルが、アストンの肩を摑んだ。

「うるせえっ。あいつが使えなかったのは事実だろうが」

摑み合いになりそうな二人を、使者の男がやんわりと制する。

「それはお気の毒でしたが、パーティの問題はパーティで解決して下さい。フェンネル卿には関係ないことです」

「そ、そうですがっ……」

アストンはガイルから手を離して、使者の男に向け、直角に頭を下げた。

「お願いですっ。もう一度っ、もう一度だけチャンスを下さいっ!」

どうしてこの俺が貴族相手ならともかく、使いの男ごときに頭を下げなきゃいけないんだ。

そんな内心は出さず、アストンは頭を下げ続ける。

今までずっとうまくやってきた。

子供の頃から、他人を利用しながら世の中を渡ってきた。

あと少しで、高みに手が届くのだ。

間違っても、こんなところでこけるわけにはいかない。

使者の男は、アストンの後頭部を眺めながら嘆息した。

「貴公のパーティは、二人が重傷で入院中と聞きました。依頼に失敗し、しかもメンバーが半分しか残っていないパーティにどんなチャンスをやれというのですか」

「それは大丈夫です。すぐに優秀なメンバーが補充される予定ですから、もう一度だけチャンスを下さいっ、次こそは間違いなく期待に応《こた》えてみせます！」

顔を上げたアストンの勢いに、使者は一歩下がって答えた。

「……一応、フェンネル卿に伝えるだけは伝えておきましょう」

「ありがとうございますっ！」

アストンは、ことさら明るい声で使者の男を送り出した。

来客が去った後、ガイルがアストンに詰め寄った。

「おい、あんなこと言ってどうするつもりだ。アテなんかねえだろ」

ギルドに掛け合って、新メンバーを募集することはできる。

しかし、当然ながら優秀なメンバーを引き入れるには、それなりに金がかかる。

散財を繰り返したせいで手元の金は限られているし、フェンネル卿に手を引かれた今、ますます資金は先細っている。

「あ、そうか。【黄金の不死鳥《ゴールデン・フェニックス》】の名前で人を集めるつもりか」

「今は無理だ。忌々《いまいま》しいが、討伐失敗の噂《うわさ》がギルドで広まってやがるからな。しばらく目立つ動きは取りにくい」

アストンの言葉に、ガイルは焦った表情を浮かべる。

「じゃ、じゃあ駄目じゃねえか」

「心配すんなよ、ガイル。俺達のパーティにはもう一人いただろ。奴隷がよ」

ガイルが眉《まゆ》をひそめた。

「……ゼノスか？　だが、あいつは――」

「問題ないさ。あいつだって戻りたいはずだ。俺が一声かければ泣いて喜ぶだろう」

ゼノスがパーティの救世主だとは思っていないし、思いたくもない。

だが、あの頃は全てがうまくいっていたのは確かなのだ。

歯車がくるいかけた今だからこそ、一度原点に立ち返る必要がある。

前のようにゼノスをうまく利用して、落ちた名声に輝きを取り戻すのだ。

不死鳥は、再び蘇《よみがえ》る。

アストンは腹から低い笑い声を出した。

「仕方ねえな。感謝しろよ、ゼノス。この俺様が直々《じきじき》にてめえを迎えに行ってやるんだからよ」

第四章　再会

冒険というのは、とかく手間がかかるものだ。

ギルドの依頼をこなすにも、相応の装備を揃《そろ》え、重たい食料やアイテムを持って、野を越え、山を越え、現地まで足を運ばねばならない。

目的地に辿《たど》り着いた頃には既に疲れ切っており、他のパーティに先を越される、ということもままあった。だからと言って、馬車や人夫を雇うほどの余裕はない。

そこでアストンが思いついたのが、貧民をパーティに組み入れることだった。

絶対的な階級が支配するハーゼス王国における捨てられた民。

人としての尊厳を持たない最下層民であれば、無料で幾らでも使い潰《つぶ》せる。

貧民を組み入れたと周りに知られれば、パーティの評判は当然下がる。だから、普通はそんな真似《まね》をする者はいないが、公式の場には一切《いっさい》出さず、一人野宿をさせ、食事も別に取って、存在を完全に消しておき、パーティの名が売れ始めた頃に切り捨てればいいとアストンは考えた。

そうしてやってきた貧民街で、アストンの目に映り込んだのは、路傍にぽつんと座り込んでいる少年だった。華奢《きゃしゃ》な体の割には大きめの黒い外套で体を包んでおり、それはまるで暗闇《くらやみ》の中に閉じこもっているように見えた。

こいつは、居場所がないのだ、とすぐにわかった。

アストンは少年に声をかけた。

「おい、何やってんだ」

「……何も」

うつろな瞳《ひとみ》で相手は答える。

「やることがねえんだったら、俺達《おれ》と冒険しねえか？　どうせ居場所がねえんだろ」

「……」

少年は少しだけ驚いたように顔を上げた。

「貧民は、冒険者になれないって聞いた」

「普通はな。だが、俺はやる気や能力のある奴《やつ》なら、階級なんて関係ねえと思ってる。お前は何かできることがあるか？」

少年は少し黙ってから答えた。

「治癒《ちゆ》魔法なら、少し」

アストンは鼻で笑いそうになるのをなんとか堪《こら》えた。

まともな教育すら受けられない貧民が何を言うのだと。

どうせ初めから戦力としては期待していない。こっちは無償の奴隷が欲しいだけだ。

だから、この時だけは大真面目《まじめ》な顔で頷《うなず》いてやった。

「だったら、ちょうどいいぜ。治癒師がいねえから俺らのパーティに入れよ」

俺は、ゼノスに居場所を作ってやった。

あいつはそのことに、生涯感謝すべきなのだ。

「おい、アストン。どうした？」

「いや、なんでもねえ」

ガイルに話しかけられたアストンは、ふと我に返って答えた。

一切の舗装がなされていない、凹凸《おうとつ》だらけの地面を忌々《いまいま》しげに見つめる。

「ったく、こんな小汚ねえ場所には、もう来たくなかったがな」

二人は、パーティにもう一度ゼノスを誘うため、貧民街にやってきていた。

悪態をつくアストンの横で、ガイルが不思議そうに周囲を見渡した。

「だが、なんか雰囲気が変わってないか？」

「……」

確かに、街を支配していた薄暗い空気と重苦しい緊張感はなりを潜め、あちこちから明るく活気に満ちた声が聞こえてくる。

この街に、何かが起こったのか。

怪訝《けげん》な表情を浮かべていると、横のガイルが言った。

「だけどよ、アストン。ゼノスの奴、とっくに野垂れ死んでるんじゃねえか」

「まあ、それが問題だな」

下手に【黄金の不死鳥《ゴールデン・フェニックス》】にいたなどと吹聴されても面倒なため、当初はむしろ野垂れ死んでほしいと思っていたが、少し事情が変わってしまった。

既にこの世から消えていたら、パーティの復活計画はいきなり頓挫《とんざ》する。

だが――

「生きてる可能性もある。なんせ、あいつには手切れ金として金貨を渡してやったからよ」

「おお、そうだった。それなら、多少は生き延びられるんじゃないか」

「自分の慈悲深さに涙が出るぜ」

当時は口封じに息の根を止めることも検討《けんとう》したが、ゼノスは妙に打たれ強く、下手に取り逃がすとせっかくパーティの名が売れてきた時に余計なことを言いふらされる危険もあった。だから、口止め料を渡して追放する方針にしたが、結果的には正しかった。

なんせこの腐った街から冒険に連れ出し、しかも金貨まで渡してやったのだ。

それだけの恩を受けたのだから、戻れと言えば、ゼノスは尻尾《しっぽ》を振って喜ぶだろう。

ひとしきり笑った後、ガイルが辺りに首を巡らせる。

「しかし、貧民街って言っても広いぜ。どうやって探す？　誰《だれ》かに聞いても、ゼノスのことなんて知ってるわけねえし」

「そうだろうな。だが、それについては考えがある」

アストンは得意げに口の端を引き上げた。

「考え？」

「貧民街では、亜人の三大勢力が縄張り争いをしてるってのは知ってるよな」

「聞いたことがあるな。確かリザードマンとワーウルフとオークだったか」

「その顔役に、ゼノス探しを頼めばいいんだよ。ああいう連中には貧民街中の情報が集まるからな、新参者がいればすぐに耳に入るだろう。俺達が探すより遥《はる》かに早いと思うぜ」

「なるほど。さすがだな、アストン」

「まあな」

昔から他人を利用するのは得意なのだ。

お前もその一人だよ、ガイル——と、アストンは内心で付け加える。

アストン達は、通りを歩いていたリザードマンの男に声をかけた。

「おい。あんたらの首領に、会わせてくれないか。仕事の依頼をしたい」

「お前ら、どこの誰だ？」

「俺はゴールドクラスの冒険者パーティのリーダーだ。怪しいもんじゃない」

「……」

リザードマンの男はアストンの冒険者ライセンスをしばらく眺め、「ついてきな」と先に歩き出した。

幾つかの通りを抜けると、屋根付きの広場のような場所に出た。

「お頭。この人間が、仕事の依頼をしたいらしいです」

「仕事ぉ？　あたしはこれから先生に会いに行くんだから、忙しいんだけどねぇ」

奥のソファで足を組んだ女が気怠《けだる》そうに答えた。

切れ長の深緑色の瞳が、ゆっくりとアストンに向く。

さすが三大勢力の一角を束ねるだけあって、一目でわかる貫禄がある。

そして、いい女だ。

俺が貴族になったあかつきには、ハーレムに加えてやってもいい。亜人の女がどんな味がするのか楽しみだ。

アストンは真面目な顔で、一歩近づいた。

「あんたがここのボスか。俺はゴールドクラスの冒険者パーティ【黄金の不死鳥《ゴールデン・フェニックス》】のリーダーで、アストンと言う」

「なんだか肩書きが長いねぇ。自己紹介で日が暮れちまうよ。さっさと用件を言いな」

「人探しを頼みたい」

「誰を探しているんだい？」

「ゼノスという名前の男だ。二か月ほど前に貧民街に流れ着いているはずだ。種族は人間で、外見は黒髪の――」

しかし、アストンが言い終わる前に、女首領は大笑いを始めた。

「あっはっは、あはははは」

「な、なんだ……？」

アストンが眉《まゆ》をひそめると、女は目の端をこすりながら言った。

「そうか、そうか。あんたらが先生を追放したって噂《うわさ》の馬鹿《ばか》パーティかい。確かに見るからに間の抜けた面をしてるねぇ」

「な、なんだとっ！」

思わず腰の剣に手をかけると、周りに控えていたリザードマン達が一斉に立ち上がった。

片手を上げて配下達を制した女首領は、しっしと犬を追い払うように手を振る。

「帰んな。あんたらが探しているお人は、あんたらごときの相手をしている暇はないんだよ」

「……な、に……？」

アストンは柄《つか》に手をかけたまま、呆然《ぼうぜん》と口を開いた。

「ゼ、ゼノスを知っているのか。一体どういう――」

「いいから、さっさと出て行きな。これ以上、馬鹿の相手をするつもりはないよ」

「なんだとっ。俺を一体誰だと――」

しかし、その先は続かなかった。

ゆらりと立ち上がったリザードマンの女首領がこう言ったからだ。

「あんたこそ、あたしが誰か知っているのかい？」

「――っ！」

一瞬で、肌が粟立《あわだ》った。冒険で遭遇する魔獣の荒々しい凶暴さとは質の異なる、体の奥底までが凍るような冷たい圧が全身を貫く。

文字通り弱肉強食の貧民街で、頭の一角を張るということの意味を嫌でも悟ってしまう。

「……ちっ、時間を無駄にしたぜ」

アストンはせめて最大限の悪態をついて、引き返すことにした。

去り際《ぎわ》に、背中に一言が投げつけられる。

「ああ、そうだ。先生に余計な真似したら、ただじゃおかないからね。覚えときな」

「……」

アストンとガイルの二人は、無言のままリザードマンのたまり場を後にした。

大通りに戻ってきた瞬間、ガイルが声を上げた。

「おい、ど、どうなってんだよ、アストン」

「俺が知るか。くそっ、なんなんだ一体っ」

まだ腹の底が冷えているのを感じる。

貧民街の顔役は、どうやらゼノスのことを知っているようだった。

しかも、ただ知っているというよりは、敬愛の情すら感じられたような――

いや、きっと何かの間違いだ。

「ど、どうする……?」

戸惑った様子のガイルに、アストンは無理やり落ち着いた声で返す。

「心配するな。三大勢力は、まだ二つ残っている。ワーウルフのところに行くぞ」

+++

「ふーん、貴様らがゼノス殿を追い出したアホパーティか。一度死んで便所虫に生まれ変わったほうがいいと、リンガは思う」

続いて訪れた、ワーウルフのアジトにて。

整った顔で淡々と毒舌を繰り出したのは、灰色の獣耳をぱたぱたと動かした女首領だった。

「あ、あんたもゼノスを知っているのか……！」

「ゼノス殿は、便所虫に用はないと思う。さっさと帰ったほうが身のため」

「な、なんだとっ」

「やる気？」

「……」

女首領の冷たい視線と、周囲を取り囲むワーウルフ達の殺気に晒《さら》され、アストン達は仕方なく踵《きびす》を返すことにした。

その背中に鋭い一言が突き刺さる。

「ゼノス殿に妙な真似をしたら、ワーウルフは決して許さない。アホな脳みそに刻んどけ」

「……」

アストンとガイルの二人は、何も言えずにその場を後にした。

「どっ、どうなってんだよぉぉぉぉっ！」

「わかんねえよ……」

大通りに戻ってきた二人は、同時に頭を抱えた。

何が何だかさっぱりわからない。どうやら、亜人の三大勢力のうち、二つもの首領がゼノスのことを慕っている様子だ。悪い夢でも見ているのか。

「……とにかく。ゼノスに会わねえことには始まらねえ」

アストンは力づくで呼吸を整えて言った。

「最後の一角、オークに会いに行くぞ」

＋＋＋

「ほう。おぬしらが、ゼノスを追放したゴミ共か。いまさらゼノスに何の用だ」

オーク族の居住区がある岩山の洞窟《どうくつ》で。

栗毛に燃えるような赤い瞳をした、美貌の女首領はそう言い放った。

「……」

もはや、何かを問い返す気力すらわかなかった。

大勢のオーク達に囲まれたアストンとガイルは、黙って引き返すことにした。

その背中に、これまでと同じような言葉が投げつけられる。

「おい。もしゼノスにちょっかいを出したら、オーク族が黙っていないぞ」

「……」

大通りに戻ってきた二人は、しばらく無言で佇《たたず》んでいた。

「アストン……」

「……何も言うな、ガイル」

アストンは、指の爪《つめ》をがりっと嚙《か》んだ。

これまでの反応を見る限り、どうやらゼノスは貧民街の三大勢力全《すべ》ての首領から慕われているようだ。しかし、冷静に考えて、そんなことがある訳がない。

「……そうか」

「どうした、アストン？」

「おそらく、別人だ。たまたまゼノスという同じ名前の実力者がいた。それなら辻褄《つじつま》が合う」

「なるほど！　……いや、でもパーティ追放の話まで合っていたぞ」

「そこも含めて、偶然似た境遇の奴《やつ》がいたとしか考えられねえだろ。亜人の女共が言ってたのは、真の実力者のゼノスさん。俺らが探しているのはパーティの奴隷のゼノスだ」

「確かに、それなら納得できるが……」

もう一つの可能性には、アストンは意識的に目を瞑《つむ》ろうとしていた。

すなわち、あのゼノスこそが、本当は実力者であったということ。

それはアストンにとって、あってはならないことだ。自分が拾ってやった、ずっと見下していた相手が、実は裏社会の大物に慕われるほどの実力者であったなど決して認められない。

アストンにとってのゼノスは、いつも従順で、居場所を与えられたことに感謝しながら、無償で黙々と身を削って雑務をこなす男でなければならない。

「とにかくあいつを探すんだ、ガイル」

会いさえすれば、尻尾を振って【黄金の不死鳥《ゴールデン・フェニックス》】に戻りたいと言うだろう。

パーティという場所を失ったゼノスに、再び居場所を与えてやろうとしているのだから。

だが、肝心の潜伏先がわからない。

しらみつぶしに探してまわるしかないのか。

膨大な労力を想像し、めまいを覚えていると、目を見開いたガイルが通りの奥を指さした。

「お、おい……アストン」

「……?」

ゆっくり振り向くと、漆黒の外套をまとった男が、通りを横切ろうとしているところだった。

アストンは、息を呑《の》んで、その名を呟いた。

「ゼノス……」

＋＋＋

——やっと見つけたぞ。

アストンは、ガイルと目を合わせて駆け出した。

ゼノスはまだこちらに気づいていないようだ。

エルフと思われる可憐《かれん》な少女が、ちょこまかと足を動かして隣に寄り添っている。

「リリ、こっちだぞ」

「うんっ。リリ、なかなか道を覚えられない……」

「貧民街は、道が入り組んでるからな」

「ゼノスはよくわかるね、やっぱり昔住んでたから？」

「俺が住んでたのはもっと奥だけど、この辺りも来ることはあったしな。リリも貧民街の路上で生活してたんじゃないのか」

「そ、そうだけど……」

「おい、ゼノスっ！」

全く気がつく様子がないため、アストンはしびれを切らして呼びかけた。

ゼノスはその場でふと立ち止まり、目を細めた後、少しだけ驚いた顔で言った。

「……あれ？　まさか、アストン……とガイルか？」

アストンは仁王立《におうだ》ちになって声を張った。

「ああ、その通りだよ。しぶとく生きてやがったようだな、ゼノス」

「なんでこんなところにいるんだ」

「くははは、なんでだろうなぁ？　お前にわかるか？」

「いや。じゃあ、俺は忙しいから」

「ちょ、ちょっと待てやぁぁぁぁぁぁっ！」

そのまま通りを横切ろうとするゼノスを、アストンは必死に呼び止める。

「お前だよ、お前っ！」

「……え？」

「お前を探してたんだよっ。この俺が直々《じきじき》に会いに来てやったというのに、立ち去ろうとするとはいい度胸じゃねえか」

「俺を探していた？　……なんで？」

素で尋ねるゼノスに苛々《いらいら》しながらも、アストンは居丈高に腕を組んだ。

「喜べ。お前を【黄金の不死鳥《ゴールデン・フェニックス》】に戻してやる」

ゼノスはぽかんとした顔で、一言答えた。

「断る」

「ははは、そうだろう。これだけの慈悲は滅多《めった》に与えられるもんじゃねえ。嬉《うれ》しさのあまり泣くんじゃ……はぁぁぁぁぁぁぁあっ⁉」

アストンは絶叫して、ゼノスに詰め寄った。

「俺の聞き違いか？　まさか断ると言ったのか？」

「言ったけど」

「なぜ……なぜだっ」

「なぜもなにも、不当な扱い受けるし、ろくな報酬ないし、俺のメリットゼロだし、普通断るだろ」

「そっ、そういうことじゃねえ。この俺が誘ってるんだぞ」

ゼノスは面倒臭そうに、ぽりぽりと頭をかいた。

「まあ、どうしてもって言うなら、暇な時にクエストに一回だけ同行するくらいなら考えてやらんでもないが、ちゃんと金は払えるんだろうな」

「……は？」

「俺はただ働きはやめることにしたんだ。一回の治療ごとに五万ウェン。重傷の場合は百万ウェン。防護魔法と能力強化を使う場合は三倍で。言い値で払ってもらうぞ」

「な……なんだとぉっ」

アストンは奥歯を噛《か》み締《し》める。

今の自分達にそんな金がある訳がない。

「お、お前ごときが調子に乗るなっ。どうせここに居場所なんてねえだろ」

貧民街にはたまたま同じ名前のすごい人物がいて、亜人達に随分慕われているようだが、目の前の男はそれとは別だ。こいつが傷を一瞬で治す特級レベルの治癒師で、さらに別系統の防護や能力強化魔法を使っていたなど信じられるはずがない。

そう自身に言い聞かせながら、睨《にら》みつけていると、何人かの亜人がそばを通り過ぎた。

「あ、ゼノス先生、こんにちわっす」

「おう、足はどうだ」

「おかげさまで調子いいっす。先生の治療であっという間に傷がよくなりました」

「褒めても何も出ないぞ。夜中まで働くのもいいが、あんまり無理すんなよ」

「ちっす。ゼノスさん、この前は治療ありがとうございました。上等な肉が入ったんで今度持っていきますよ」

「ありがとうな。前のも美味《うま》かったよ」

「……え？」

アストンとガイルは顔を見合わせた。

通りがかった亜人達が、次々とゼノスに挨拶《あいさつ》している。

貧民街には亜人に慕われるすごいゼノスさんがいるらしい。しかし、目の前のこいつは――

「な……なあ、アストン。やっぱり、ゼノスって、このゼノスじゃ……」

「……」

ガイルの言葉に、アストンはすぐに返答できなかった。

もっとも認めたくなかった可能性が、どこかで怖れていた真実が、今はっきりとした形になって目の前に現れる。

すなわち、【黄金の不死鳥《ゴールデン・フェニックス》】が無傷のパーティでいられたのは、全てゼノスのおかげだったということが。

ガイルが慌てた様子で口を開いた。

「おい、アストン。お、お前がゼノスを追放するって言ったんだぞ、どうするんだよ」

「う、うるせえっ。お前らも喜んで同意したじゃねえかっ」

アストンとガイルが摑《つか》み合《あ》いを始めた。

「このおじさん達、なんだかうるさいね、ゼノス」

「おじさんじゃねえぇっ！」

「そうだな。じゃあ俺達は行くか、リリ」

「って、お前もそのまま立ち去ろうとするんじゃねえよぉぉぉ、ゼノスっ」

「なんだよ、まだ何かあるのか？」

アストンは肩で息をしながら、面倒臭そうに振り返ったゼノスを睨みつける。

「お前、本当に戻ってくる気はねえのか……？」

「だから、ないって言っただろ。俺はここで楽しくやってるし」

「この俺が頼んでるんだぞっ。お前を拾ってやった。お前に居場所を与えてやった。この俺が──」

「悪いな、アストン」

──もう、遅いんだ。

そう言って、ゼノスはアストンに背を向けた。

可憐なエルフの少女が隣を歩き、ゼノスを慕う亜人達が、周りをわいわいと取り囲んでいる。

ぽつんと取り残されたアストンは、遠ざかる背中を見つめながら、握りしめた拳《こぶし》を震わせた。

「俺を、無視するな……」

俯《うつむ》いたまま、低い声を絞り出す。

「底辺の住民にちょっと慕われているくらいでいい気になりやがって。俺はいずれ貴族になる男だぞ……そんな俺が、お前を……」

腰の剣をゆっくりと引き抜き、アストンは駆け出した。

「待ちやがれ、ゼノ――」

ボグァァアン！

「げぼはあああっ！」

脇腹《わきばら》に強烈な衝撃を受けて、アストンは地面を転がった。

腹に手を当てながら、なんとか顔を上げると、金髪に青い瞳をした美しい女が、魔法銃を手に冷ややかに見下ろしている。

「この私の目の前で他人に襲いかかるとは大胆だな。さすがに近衛師団として見逃せんぞ」

「こ……近衛師団？」

王都の治安維持を一手に担う一大部隊だ。

前を歩いていたゼノスが振り返った。

「あれ、クリシュナ。どうしてここにいるんだ」

「貴公に会いに来たのだ。指先をすりむいたからな」

「それくらい唾《つば》つけときゃ治るが」

「い、いいではないか。治療代は払うのだし」

「まあいいけど。たまたま往診に来てただけで、俺の家はこの辺りじゃないぞ」

「ふっ、迷ったのだ」

「相変わらずだな」

「しかし、結局出会えたのだから、私の方向音痴に感謝だな」

「完全に開き直ったな」

クリシュナ、という名前には聞き覚えがある。

確か、幾つもの事件を解決し、史上最年少で近衛師団の副師団長に抜擢《ばってき》されたという噂《うわさ》の凄腕《すごうで》だ。

そんな人物がゼノスと親しげに会話している。

貧民街の顔役に慕われ、近衛師団の幹部と近しい仲。

「……ゼノス……お前は一体何だ……何なんだよっ……」

脇腹の痛みに顔を歪《ゆが》めて身を起こすと、そばにクリシュナが近づいてきた。

「さあ、ついでだったが、路上での暴行未遂犯として近くの詰所《つめしょ》に引き渡させてもらうぞ」

アストンは咄嗟《とっさ》に後ろにいたガイルを指さした。

「違うんだっ。俺は嫌だったのに、あいつに無理やりやらされて……」

「は？　アストンお前何を……？」

驚くガイルにクリシュナの視線が向いた瞬間、アストンはその場を駆け出した。

背中を撃たれないよう細道に飛び込み、がむしゃらに走る。

――俺を、無視するな……ゼノス。

腹の底に、言い知れぬ暗い感情が渦巻いていた。

＋＋＋

アストンとの偶然の再会から数日が経過した。

廃墟街《はいきょ》の日常に変化はなく、いつも通りの一日を迎えていた。

「ん、このジャムなかなかいけるじゃないか」

ゾフィアが指先についた飴色《あめいろ》のジャムをひと舐《な》めして言った。

「ふふんっ、そうだろう。リンガが林檎を煮詰めて作ったのだ」

「一人でやったように言うな。我も大いに手伝ったぞ」

胸を張るリンガに、レーヴェが横から口を挟む。

「いや、レーヴェの手を借りたのは重い鍋を持つ時だけ。ほとんどリンガが作った」

「林檎を提供したのは我だぞ。しかも、最初に砂糖と塩を間違えたのは誰だ？」

「うっ、それは言わない約束」

ゾフィアは二人のやり取りを耳にしながら、ジャム入りの瓶《びん》をしげしげと見つめる。

「へぇ……泣く子も黙るワーウルフとオークの首領が一緒にジャムをねぇ。一体、何があったんだい。ヤクのやりすぎで遂に頭がおかしくなったのかい」

「失礼な。リンガはヤクは扱わない」

「オークもそんなブツはご法度だ」

「じゃあ、どういう風の吹き回しなのさ」

リンガとレーヴェは顔を見合わせる。

「貴族の事件で、ゾフィアにいいところを持っていかれたのをリンガは気にしている」

「そう。我とリンガは、ゼノスの役に立てなかったのだ」

「なるほどねぇ。それで少しでも家庭的なところをアピールしようと、二人で結託したわけかい」

ゾフィアはおもむろに立ち上がって、高らかに笑った。

「あっはっは。けなげな努力ご苦労さま。ジャムごときで、あたしの功績に及《およ》ぶとでも思っているのかい？　あたしは先生に直々に頼まれて、貴族の屋敷まで連れて行ったんだからねぇ」

「くっ……！」

「悔しいが、返す言葉がない……」

「先生争奪戦は、あたしが一歩リードだよっ。あーはっはっはっ！」

「リ、リリだって……」

「くくく……醜い女の争いは、ジャムより甘いわ」

「いや、さっきから全部聞こえてるんだが？」

ゼノスは呆《あき》れた顔で治療室の椅子から立ち上がった。

患者が落ち着いてきたので、奥の食卓へと移動する。

「本人を差し置いて話を進めるな。というか、お前ら当たり前のようにうちで昼飯食うのな」

亜人達は少し申し訳なさそうな表情を見せる。

「三人で話して、これでもちょっと減らしてるんだよ。あんまり先生の迷惑になっちゃいけないからさ」

「そう。本当は毎日来たいけど、リンガ達は週に二日で我慢してる」

「さすがに部下の面倒も多少は見てやらねばならんしな」

ゼノスは手前の席に腰を下ろした。

「まあ、治療の邪魔をしなけりゃいいが。リリ、紅茶あまってたら、もらってもいいか？」

「うんっ」

ゼノスは紅茶を一口飲んで、ジャムをつけたパンを手に取った。

「……普通にうまいな」

「そ、そう思っても言っちゃ駄目だよ、先生。こいつらが調子に乗るからさ」

「やっ、やったぞ！　リンガは嬉《うれ》しい」

「我らの勝利だな。……感無量だ」

「くくく……勝者なき削り合い」

リンガは獣耳をパタパタと高速で動かし、レーヴェは目頭を押さえている。

え、泣いてる？

ゾフィアがふと思い出したように言った。

「そういえば、この前、あたしのところに先生を追放した奴らが来たよ。先生を追放するなんて本当に馬鹿だねぇ」

「ああ、アストンか」

二度と会うことはないと思っていたので、再会は少し驚いた。

「リンガのところにも来た。確かにアホな面をしていた」

「我のところにも、そのゴミパーティはのこのこやってきたな」

散々な言いぶりの後、ゾフィアは少し神妙な顔で言った。

「そのアストンって男。よからぬ雰囲気があったから、一応部下に足取りを追わせてたんだけど、その後、居場所が掴めていないいんだ」

「リンガも同じ。ワーウルフの鼻でも探せていない」

「それが、オークの網にも引っかかっていないのだ」

「普通に街区に戻ったんじゃ……？」

リリが言うと、亜人達は互いに顔を見合わせた。

「だったらいいんだけどねぇ……」

「もし、もっと深いところに潜っていたら厄介」

「ああ。貧民街には、我ら亜人でも入り込まない底があるからな」

「貧民街の、底……？」

首をひねったリリに、奥のカーミラが言った。

「こいつらが言っているのは、地下ギルドのことじゃ」

「地下ギルド……」

カーミラの発した単語を、リリが繰り返す。

「まあ、簡単に言うと非合法のギルドのことさ」

横のゾフィアが言った。

自分ではできない仕事を頼みたい場合、ギルドに依頼するのが一般的だ。最大の規模を誇るのは冒険者ギルドだが、それ以外にも鍛冶職人のギルドや建築職人のギルドなど多数のギルドが存在している。

一般のギルドは国家公認の下、依頼内容や料金体系が一定のルールで運営されており、所属するにも認定試験をパスする必要がある。

「だけど、地下ギルドには、そういうルールがない。後ろ暗い者達の集まりなのさ」

「あいつらは、金次第でどんなことでもやるからリンガは嫌いだ」

「うむ、積極的には関《かか》わりたくない奴らだな」

亜人の首領達は嫌悪感をあらわにする。

「どんなことでもやる……？」

「ヤクの売買に、暗殺に、復讐《ふくしゅう》代行。貴族の子供売買事件にも地下ギルドが絡《から》んでいたっていう噂だけどねぇ」

「……」

リリはぷるっと震えて、ゼノスの顔を見た。

「じゃ、じゃあ、あのうるさいおじさんが地下ギルドに悪いお願いをしに行ってたら……」

「うるさいおじさんってアストンのことか」

ゼノスはパンを口に運んで、少し考えた。

「どうかな。俺も貧民街にいたから、地下ギルドの話は聞いたことがあるけど、依頼には結構な金がいるはずだ」

「ふむ。わざわざ貧民街までゼノスを探しに来たということは、その男は相当困窮しておるのかもしれんの。つまりそれだけの元手はない」

カーミラが腕を組んで言うと、リリは安堵《あんど》の息を吐いた。

「そ、そうなんだ。それなら安心」

しかし、ゾフィアは一人浮かない表情で、机をじっと見ていた。

「ゾフィアさん……？」

「ああ、いや。地下ギルドってのは基本金がモノを言う世界だけど、最近金がなくとも条件次第で依頼を請け負う奴がいるって噂を思い出してさ」

ゾフィアは、その名前を思い出そうとするように眉根《まゆね》を寄せ、やがてこう言った。

「確か――【案内人】と名乗る奴だ」

＋＋＋

貧民街の奥の、そのまた奥。

古い水路が蜘蛛《くも》の巣のように張り巡らされた薄暗い地下空間の一角で、二人の人物が向かい合っていた。

「ようこそ、依頼人かな。よくここがわかったね」

そのうちの一人、鼠色のローブを頭からすっぽりかぶった人物が言った。

「……」

しかし、もう一人の声はぼそぼそと低く、言葉は暗闇に溶けていく。

地下空間には、ローブをまとった人物の場違いに明るい声だけが反響していた。

「ああ。依頼金が足りなくて、ここを紹介された？　そういう人は時々いるね」

「うん、いいよ。ボクはお金だけでやってるわけじゃないから」

「ボクのこと？　そうだね、【案内人】と呼んでくれたらいい」

「それで、依頼内容は？」

「なるほど……簡単に言うと復讐代行だね。本人だけじゃなく取り巻きも気に食わないと」

「理由を教えてもらおうか？」

「うん、必要だ。地下ギルドの他の連中は、金さえもらえれば理由は問わないみたいだけど、ボクは理由を大事にしているんだ」

「話す気がないなら、この依頼はなかったことに――」

「……ん？　話す気になった？」

「へえ……それは、相当に屈折した身勝手な理由だね。復讐というより単なる八つ当たりだ。キミ友達いないだろ？」

「うん？　駄目とは言っていないよ。むしろ、ボク好みの理由だ。いいだろう、手を貸そう」

【案内人】と名乗った鼠色のローブの人物は、懐《ふところ》から真っ黒な魔石を取り出した。

それは周囲の闇《やみ》すら吸い込むような、純なる漆黒をしている。

「ちょうど研究中でね。せっかくだから、これを使ってみようと思う」

「ああ、心配はいらないよ。キミの依頼内容もちゃんと達成するから」

「ところで、キミの名前を教えてもらえる?」

顔まで覆《おお》い隠すのローブの奥で、口の端がにぃと引きあがった。

「そうか、アストンって言うんだね」

廃墟街《はいきょ》に夜が訪れる。

治療院は昼間の賑《にぎ》やかさが嘘《うそ》のような、森閑とした静けさに包まれていた。

「眠れないの、ゼノス？」

食卓でぼうっとしていると、枕《まくら》を抱いたエルフの少女が、後ろに立っていた。

「まだ起きてたのか、リリ」

「リリ寝てた。でも目を覚ましたら、こっちが明るかったから」

「ああ、悪いな。もう少ししたら寝るよ」

「紅茶いる？　逆に眠れなくなるかな？」

「いや、もらおうか」

リリの淹《い》れた紅茶を一緒に飲むと、腹の底がじんわり暖かくなった。

リリがこだわって選んでいる茶葉は、どこか素朴で安らぐ香りを鼻腔《びこう》に届ける。

「……どう？」

「いつもながらうまいよ、ありがとうな」

カップを置いて答えると、リリが後ろに回り込んできた。

頭に小さな手がぽんと乗せられ、よしよしと撫《な》でられる。

「……なんだ？」

「リリが眠れない時、ゼノスがなでなでしてくれるから、お返し」

ゼノスはふっと微笑《ほほえ》んだ。

「助かるよ。おかげでよく眠れそうだ」

「むふぅ」

リリは満足げに鼻を鳴らしたが、すぐにゼノスに寄り掛かったまま寝息を立て始める。

ゼノスは苦笑しながら肩をすくめ、リリを寝室に運んだ。

もったいないので残った紅茶を飲んでおこうと食卓に戻ると、レイスが足を組んで座っていた。

「眠れんのか、ゼノス」

「お前までどうした、カーミラ」

「カップが三つ用意してあったからの。飲むしかあるまい」

「リリは気が利《き》く奴《やつ》だからな」

ゼノスが席につくと、カーミラは紅茶のカップを持ち上げて言った。

「貴様が眠れないのは、元パーティのことを考えておったからか？」

「なんだ、心配してくれてるのか？」

「べ、別にそういうわけではないっ。夜は暇じゃからな、多少話に付き合ってやってもいいと気まぐれに思っただけじゃ」

「なんだかんだいい奴だよな、カーミラって」

「レ、レイスをからかうでない。それなら話は終わりじゃ」

「悪かったよ。一人では飲み切れないから、つきあってくれ」

「そ、そこまで言うなら、つきあってやらんでもないぞ」

腰を浮かしかけたカーミラは、もう一度席に座り直す。

ゼノスはポットから残りの紅茶を注《そそ》いだ。

「元パーティのことを考えていたわけじゃないさ。治療院をひらいてから色々忙しかったし、ぶっちゃけアストンのことは普通に忘れてた」

だから、再会した時は単純に驚いたというのが正直なところだった。

ただ——とゼノスは付け加えた。

「今になって、あいつの数々の仕打ちを思い出して、一度はぶん殴っておくんだったと後悔しているけどな」

「くくく、正直な意見じゃ」

小さく肩を揺らし、カーミラは紅茶を口に含んだ。

「人の一生は、短く、儚《はかな》い。借りは返せるうちに返すのがよかろう」

「……そうだな」

ゼノスは頷《うなず》いて、自身の両手を眺めた。

もう返せない借り、というのもある。

ゆっくりと、ゼノスは顔を上げた。

「久しぶりにアストンに会ったせいか、昔のこと――パーティに入るよりもっと前のことを思い出してたんだ」

「貴様が貧民街にいた頃のことか」

「ああ」

カーミラは、紅茶を飲む手を止めた。

「ゼノス、貴様は治癒《ちゆ》魔法を貧民街にいた時に身に付けたと聞いた。一体どうやったのじゃ？」

「どうって言われてもな……」

ゼノスは腕を組んで、視線を天井《てんじょう》に向けた。

「俺《おれ》はもともと貧民街の孤児院にいたんだけど、今思えばなかなかひどい施設でな」

貧民街には毎日、多数の行き倒れが発生する。

その孤児院は、遺体から金になるものを盗ってくるよう子供達に指示していた。

「俺はそれが嫌で、何も盗らずに遺体を埋めて戻ってくるから、しょっちゅう殴られていた」

「死体は放置しておくと伝染病の原因になるからのぅ。対応としては正しかろう」

「そこまで考えてはいなかったな。単に死んだ上に物まで盗られるのは可哀《かわい》そうだと思って、誰《だれ》かに盗られないように埋めたんだ」

行き倒れの姿は、まるで明日の自分を見ているようでもあったから。

しかし、それでも勝手に掘り起こされていることもしばしばあった。

「それで、子供の俺は、ある日無邪気に考えたんだ。それなら生き返らせることはできないのかって」

「……！」

カーミラは目を見開いて、手にした紅茶をこぼした。

「そっ、それは禁呪じゃぞ」

「らしいな。あの頃《ころ》はそんなこと知らなかったから、毎日なんとか蘇生させようと必死だった」

遺体に手をかざし、再生をイメージする。

勿論《もちろん》、何も起きるわけがない。

だから、遺体をよく観察した。

皮膚の構造は。

筋肉の付き方は。

血管と神経の走行は。

内臓の配置は。

無論、当時は解剖の知識などないから、何がどういう役割を負っているかなどわからない。だから、とにかく考えて、想像して、観察した。

丹念に、一つ一つ、明確に頭の中に体の構造を再現できるようになるまで。

「……」

カーミラはごくりと喉《のど》が鳴る音を聞いた気がした。

貧民街には数多《あまた》の種族が生活し、そして死んでいく。

つまり、ゼノスはあらゆる種族の体の構造を、実体験を通して学んだことになる。

果たして、世の中の治癒師にそんな経験をした者がどれだけいるだろうか。

「……とんでもないの」

「なにか言ったか？」

「なんでもないぞ」

ゼノスは少し首を傾《かし》げて、続きを口にする。

「最初は何の反応もなかったが、毎日毎日、何年も続けているうちに、白い光が体を取り囲むようになったんだ」

徐々に手ごたえを感じてきて、今度こそ成功しそうだと思った。

「だけど、その日、蘇生に取り組んでいたら、後ろから思い切り頭を殴られたんだよ」

振り返ると、闇《やみ》に溶けるような漆黒の外套をまとった、無精ひげを生やした男が物凄《ものすご》い形相で睨《にら》んでいた。

男はこう言った。

その力は決して死者に使うな。生きている者に使うべきだ。

「……それが、貴様が貧民街で出会ったという治癒師か」

「ああ。ただ、その人が治癒魔法を使うのは一度しか見たことないんだけどな」

結局、本名も知らないままだ。

「だけど、貧民街の狭い世界しか知らなかった俺に、色んなことを教えてくれてな。胡散臭《うさんくさ》いけど、すごい人だった」

呼び名を尋ねると、「師匠と呼んでくれてもいいぞ」と、男は笑いながら言った。

「師匠には色んな口癖があってな。よく聞いたのは、治癒師は怪我《けが》を治して三流、人を癒《いや》して二流、世を正して一流っていう言葉だ」

ゼノスはカップを置いて、ポットを手に取った。

この一杯で最後のようだ。

「せめて三流くらいにはなれたかなと、時々師匠のことを思い出すんだよ」

もう二度と会えないからな。

そう呟《つぶや》くと、揺れるカップの表面に、師匠の面影が一瞬浮かんだ気がした。

「つまらない話を聞かせて悪かったな」

「いや、暇つぶしにはなったぞ」

「そりゃよかった」

ゼノスが軽く笑うと、カーミラはカップを両手で持ち上げ、思い出すように言った。

「蘇生魔術とは異なるが、わらわの生きていた時代には、擬似生命《ゴーレム》を造る魔法があったのぅ」

「三百年前か。魔王がまだ生きていた時代だよな」

かつて大海を挟んだ南方の大陸は、魔族の王が支配する領土だった。

長い間、人間と魔族は互いに不可侵だったが、四百年程前に魔族が人間の領土に攻め入ってきた。

後の世に【人魔大戦】として語り継がれる両者の戦いは熾烈《しれつ》を極《きわ》め、魔王が滅ぼされた時には、開戦から既に百年近い月日が経《た》っていたという。

「今は失われた魔族の使う闇魔法じゃ。特殊な魔石を核に、炭素や硫黄などの材料を集めてゴーレムは作られる」

「へぇ」

「痛みも感じず、恐怖を覚えることもない。ただ黙々と命令をこなすゴーレムは、実に厄介な相手じゃったのぅ」

「ちなみに三百年前のカーミラって、一体何をしてたんだ？」

「そんな大昔のこと、とうに忘れたわ」

「お前、人の話は聞いといて、自分のことは話さないのな」

そろそろお開きにしようと思った時、遠くで音が聞こえた。

風に乗って、何かが破壊されるような衝撃音が立て続けに響き、悲鳴のような声も耳に届く。

何かひどくよからぬことが起きている。そんな不穏な予感が、肌をちりちりと刺激した。

「一体、何だ……？」

「貧民街のほうから聞こえたようじゃの」

カーミラの身がふわりと浮き上がり、そのまま天井板《てんじょういた》を抜けていく。

屋根まで上って確認するつもりなのだろう。

すぐに戻ってきたカーミラは、今まで見たことのない驚いた顔で、こう言った。

「信じられん……まさに今話したゴーレムが、貧民街で暴《あば》れておる！」

＋＋＋

ゼノスが辿《たど》り着いた時には、貧民街は混乱の極致にあった。

数多の建物が倒壊し、あちこちから火の手が上がっている。逃げ惑う人々の悲鳴と絶叫が、混じり合いながら夜に反響していた。

そして、もうもうと立ち昇る煙の奥に、それはいた。

「あれが、ゴーレム……」

見上げるほどの巨体が、月の光を遮《さえぎ》るように佇《たたず》んでいる。

ゴーレムは、泥と石で造られた頑強な手足を振り回し、家屋を押し潰《つぶ》しながら、ゆっくりと移動していた。一歩を踏み出すたびに、土埃《つちぼこり》が巻き上がり、瓦礫《がれき》が弾《はじ》け飛ぶ。洞穴《ほらあな》のような黒い瞳《ひとみ》はひどく空虚で、オオオオオオッという唸《うな》り声が、鼓膜を重く震わせる。

「摩訶《まか》不思議じゃ」

「うわ、びっくりした」

振り返ると、腕を組んだカーミラがふわふわと浮いている。

「なんだ、お前も来てたのか」

「さすがに気になったからの。古《いにしえ》の遺物がどうして現代に現れたのか」

「リリは？」

「まだ寝ておる。こんな怪物を見たら夢に出るからの、そのほうがよいじゃろう」

「先生っ」

通りの向こうから走ってくるのは、亜人の首領達だった。

「お前達、無事だったか」

ゾフィア達は肩で息をしながら、ゼノスのそばにやってくる。

「よかった、先生を呼びに行こうと思ってたんだ。あたし達はなんとか無事だけどさ……」

「リンガの部下達は動けないのがたくさんいる」

「オークも半分くらいが大怪我を負ってしまった。あの化け物は一体なんなんだ」

どうやらゴーレムという、大昔の人造生命らしいとゼノスは説明する。

「一体、ここで何が起こったんだ?」

「それがあたし達もさっぱりなのさ」

「夜中だったし、リンガはすやすや寝てた。大きな音がして起きたらあいつがいた」

「我の部下の話によると、貧民街の奥から来たようだが」

「貧民街の奥……?」

ゼノスは額に手を当てて考える。

まさか、地下ギルドが関与しているのか。

だとすると――。

しかし、ゼノスは首を振って思考を止める。

怪我人が多数でている今、ゆっくり考察している暇はない。

「ゾフィア、リンガ、レーヴェ。皆で協力して怪我人を一か所に集めてくれっ」

巨大な疑似生命体を、誰が背後で操《あやつ》っているのか。

手持ちの情報では断定できない。

それでも、確かに言えることが一つある。

ゼノスはゴーレムを振り仰《あお》いだ。

「この代償は高くつくぞ。覚えておけ」

＋＋＋

古代の人造破壊兵器――ゴーレムが猛威をふるう、貧民街の中心地。

そこから距離を置いた小高い丘の上に、鼠《ねずみ》色のローブを頭からかぶった人物がいた。

「破壊力は予想通りだけど、敏捷《びんしょう》性は思ったほどではないね。残念ながらまだまだ改良が必要だ」

望遠用の特殊な魔具を覗《のぞ》きながら、【案内人】を名乗るその人物は言った。

風に乗って届く悲鳴が、耳に心地よい。

「それでも、今回の依頼は十分に達成できそうかな」

アストンという男の依頼は、ゼノスという名の元パーティメンバーと、その取り巻きに鉄槌《てっつい》を下すこと。

理由は、貧民街から拾い上げ、居場所を与えてやった自分を無下《むげ》に扱ったから。自分は多くのものを失ったのに、多くのものを手に入れていたゼノスという男が許せないのだそう。

呆《あき》れるほど身勝手で、完全な八つ当たりにすぎないが、そういう屈折した願いは、それはそれで興味深い。

だから、金は取らなかった。

人はどんな場面に置かれたら、何を感じ、どう動くのか。

【案内人】にとって重要なのは、好奇心だ。

「その点で、キミの依頼は十分に興味を引く内容だよ。アストン君」

【案内人】は、別の場所で成り行きを見ている依頼主に向けて呟いた。

夜中であるため、近衛師団や王立治療院の支援はまだまだ来ないだろう。

貧民街という場所を考慮すると、支援の手自体がそもそも差し伸べられない可能性もある。

つまり、外からの助けは当分期待できない。

ゼノスという男は治癒師だと聞いたので、怪我人が続出すれば嫌でも出てくるはずだ。

「自分を慕う者達が、次々と息絶える場面に置かれたら――」

無力感と喪失感にさいなまれ、絶望に膝《ひざ》をつくのか。

それとも、少しでも抗《あらが》おうと前を向くのか。

それが、用意したシナリオの『第一幕』だ――。

「さあ、ゼノス君はどう動く？　存分に楽しませてくれ」

【案内人】は望遠用の魔具を覗きながら、口の端を引き上げた。

＋＋＋

「こっちだよ、じゃんじゃん運ぶんだっ」

「一番鼻が効くのはワーウルフだ。血の匂《にお》いを探って、怪我人を見つけろっ」

「リザードマンとワーウルフに後れを取るんじゃないぞっ。五人程度なら一度に運べるだろう、オークの力を見せろっ」

首領達の号令が飛ぶ中、まだ動ける亜人達の手によって、空き地に次々と怪我人が集められる。

骨を折った者。

血だらけの者。

痛みで叫んでいる者。

すでに虫の息の者。

現場はまさに阿鼻叫喚《あびきょうかん》の様相を呈していた。

視界の先にいるゴーレムの動きを確認しながら、ゼノスは怪我人達に向き直った。

「カーミラ、離れておけよ。《高位治癒《ハイ・ヒール》》」

白い光がゼノスの周囲で渦を巻いて、怪我人達に降りかかる。

集められた者達の苦悶《くもん》の表情が、少しずつ和らいでいった。

しかし、これはあくまで応急処置にすぎない。

確実に治すには、個別に怪我の状態を把握する必要がある。そのために、見渡せる範囲に怪我人を集めてもらったのだ。

ゼノスは両手を前に差し出し、片っ端から怪我人を治療していく。

「治った奴から、どんどん避難するんだっ」

幸いゴーレムの動きはそれほど素早くない。全力で走れば逃げ切れるはずだ。

怪我人の列は、途切れる気配を見せない。それでも、その全《すべ》てがゼノスの手によって、全快していく。

「ああもうっ」

「なにをイライラしておるのじゃ、ゼノス」

ゼノスは前を向いたまま、後ろのカーミラに言った。

「イライラもするだろ。こんな夜中に駆り出された挙句、何百人も治療する身になってみろ。対価の回収は期待できないし、家に残したリリも心配だし。犯人許すまじ」

カーミラは腕を組んで、ゼノスの背中を眺める。

ゴーレムをけしかけた首謀者の狙《ねら》いは不明だが、貧民街の住人に大ダメージを与えることは目的の一つだろう。

「……まさか、愚痴《ぐち》を言われながら、思惑を崩されているとは思っておらんじゃろうのぅ」

+++

「これは、驚いたな……」

丘の上で、【案内人】は感嘆を含んだ呟きを漏《も》らした。

「なんなんだ、あれは。特級クラス、下手をするとそれ以上じゃないか」

望遠魔具のレンズには、黒髪に漆黒の外套を羽織《はお》った男が映っている。

依頼人から聞いていた外見を思い返すに、おそらくあの男がゼノスというターゲットだ。

男の前に並んだ怪我人達が、みるみるうちに回復している。

凄腕《すごうで》の治癒師らしいとは聞いていたが、まさかここまでとは思っていなかった。

「いいね、ゼノス君。予想を超える人間は大好きだ」

無力感と喪失感にさいなまれ、絶望に膝をつくのか。

それとも、少しでも抗おうと前を向くのか。

どちらを選ぶのか興味深く見ていたら、あの男は大真面目《まじめ》に全ての怪我人を助けるつもりだ。

それも涼しい顔で、当然のごとく。

そんな人材が貧民街にいるとは、さすがに予想していなかった。

「『第一幕』はキミの勝ちだと認めよう。果たして『第二幕』はどうかな」

怪我人の治療はできても、ゴーレム自体をどうにかしない限り、根本的な解決にはならない。

指をくわえて見ている間に、街の破壊は着々と進んでいく。

「次はどうする、ゼノス君？　お手並み拝見とさせてもらうよ」

＋＋＋

「先生、怪我人はもう見当たらないって」

「リンガの部下からも報告はない」

「オークも同じくだ、ゼノス」

「そうか、ご苦労だったな。あぁ、疲れた……」

貧民街の空き地にて。

一通りの治療を終えたゼノスは、脱力してその場に座り込んだ。

怪我の治った者達には、ゴーレムから離れるように指示したため、この場に残っているのは、ゾフィア、リンガ、レーヴェとその部下が少数、それにゼノスとカーミラだけだった。

「先生のおかげで死人は出ていないみたいだよ」

「そりゃよかったが、まだあれがいるからな……」

ゼノスは疲れた声で言った。

ゴーレムは時折、地鳴りのような唸《うな》り声を上げながら、手当たり次第に家屋を破壊している。

立ち込める煙の奥から、その巨体が少しずつ近づいてきていた。

「カーミラ、あれは一体なんなんだ？」

「前にも言った通り、特殊な魔石を核とした人造生命じゃ」

「放っておいたら、そのうち飽きて家に帰ってくれないかな？」

「それはないの。ゴーレムは与えられた命令を完遂するまでは決して止まらん」

「なんだよぉぉ、そろそろ飽きろよぉぉ」

今回の場合、与えられた命令は「貧民街を破壊しつくせ」とでもいったところだろうか。

嘆息するゼノスの脇《わき》で、カーミラは腑《ふ》に落ちない様子で続けた。

「しかし、わからん……。ゴーレムの核になりえる高純度の魔石は、魔王城のあった南方大陸でしか獲れないはずじゃ。それも三百年前の【人魔大戦】でほとんど取りつくされてしまったはず。闇魔法の体系も失われて久しいし、錬成の材料だって簡単に手に入るものではない。一体、誰がこんなことを……」

今の技術と環境で完全なゴーレムが作れるはずがない、とカーミラは断言する。

「そう言われても、目の前にいるぞ」

「まあ、そうじゃが……」

ゼノスは大きな溜《た》め息《いき》をついて、ゆっくり立ち上がった。

「仕方ない。死ぬほど面倒くさいけど、そろそろ休憩を切り上げて行くか」

「……行く？　どこにじゃ？」

「決まってるだろ。あの怪物を倒しにだよ」

「――――！」

カーミラが目を見開くと、ゾフィアが横から口を出した。

「先生、あたし達も行くよ」

ゼノスは自身の肩をもみほぐしながら答える。

「いいのか？　危険手当はあまり出せないかもしれないぞ」

三人の亜人は顔を見合わせて、強く頷いた。

「いいに決まってるじゃないか。棲《す》み処《か》を破壊されて黙っているわけにはいかないよ」

「ここはリンガ達の街。土足で荒らすのは許さない」

「ああ、我らの怖さを思い知らせてやらねばな」

「……わかった。それはそれで助かる。俺は基本的に後方支援タイプだしな」

ゼノスは後ろでふわふわと浮いているレイスに尋ねた。

「カーミラ、ゴーレムはどうやったら倒せるんだ？」

「体のどこかにある核となる魔石を破壊するんじゃ。そうでなければ、何度でも再生する」

「魔石を破壊か……」

ゼノスは肩をぐるりとまわした。

【黄金の不死鳥《ゴールデン・フェニックス》】を追放されて以来、久しぶりの戦闘の機会だ。

黒い外套をまとった男は、首をこきこきと鳴らしながら、やる気ゼロの口調でこう言った。

「その魔石、破壊しちゃったら売れないよなぁ……」

かつて、不滅の鳥からもぎとられ、捨てられた一欠片《かけら》の羽。

地に伏した漆黒の不死鳥が今、闇夜《やみよ》に羽ばたく。

+++

眼前に立ちはだかるは、岩と泥で造られた巨体。

対峙《たいじ》するは、亜人の三大勢力と、闇色の衣をまとう一人のヒーラー。

「みんな、まずは一度思いっきりぶつかってみてくれ」

ゾフィアとリンガとレーヴェ。

そして、彼女らの数人の部下達が、ゼノスの号令でゴーレムに向けて駆け出す。

ただ、敵の放つ威圧感に、若干戸惑っているようにも見えた。

「大丈夫だ。怖いと思うが、怖がらなくていい。サポートは任せろ」

後方に立つゼノスは、亜人達に向けて手をかざす。

——敏捷性強化。

薄く青い光が彼らを取り囲むと、その速度が一気に増した。

「なんだ、体がやけに軽いね」

「きっとゼノス殿が何かをした」

「いいぞ、これなら戦えそうだ」

ゾフィアはうねる鞭《むち》を取り出し、リンガは手斧《ておの》を構え、レーヴェは巨大な槍《やり》で突進した。

――筋力強化。打撃力向上。

破壊音が響き、強化された三人の打撃を受けたゴーレムの足の一部が、ばらばらと崩れ去った。

「能力強化魔法は久しぶりだが、まあまあだな。いいぞ、続けてくれっ」

ゼノスは両手を前にかざしたまま、声をはりあげる。

オオオオオアアッ！

ゴーレムはこちらを敵と認識したのか、急に獰猛《どうもう》な唸り声を上げて、両手を振り回してきた。

ゴーレムの指先がリンガの身にかすり、その体が廃屋に突っ込んだ。

轟音《ごうおん》が鳴り、突風が巻き起こる。

「リンガっ、生きてるかいっ」

「……ん、驚いたけど、無事。ゼノス殿のおかげ」

リンガは澄ました顔で、肌についた泥を払いながら、廃屋から出てきた。

既に防護魔法がその身を覆《おお》っている。

パーティ時代もこうやって後方から仲間達の戦闘を支援していた。

違いと言えば、当時は黙ってサポートしていたということだ。

理由は、覚えた補助魔法を戦闘時に詠唱して使おうとしたら、アストンが怒りくるったからだ。

今思えば、ゼノスを虐げているという自覚はあったのだろう。

だから、戦いの最中に後ろから妙な真似《まね》をされて、復讐《ふくしゅう》されるのではないかと恐れていた。

何度も釈明したが聞いてもらえず、結局ゼノスは、詠唱もせず、魔法陣も描かず、可能な限り魔法の気配も消すよう訓練し、黙って密《ひそ》かにサポートすることにした。

メンバー達が、魔法をかけられたことすら気づかないように。

結果、何もしていないと追放されたのは因果なものである。

「戦い方はだんだん思い出してきたな」

注意すべき制約は、二つ。

一つはゼノスと離れるほど魔法の効果が弱まるため、一定の距離にいること。

もう一つは、治癒・防護・能力強化は、基本は同じでも発動の形が違うため、完全に同時にはかけられないことだ。

よって、基本は防護で守りながら、攻める瞬間に能力強化、その際に傷を受けたらすぐに回復。

戦況に合わせて、必要な魔法を瞬時に切り替えていく必要がある。

ゼノスの支援を受けた亜人達は、結果、無傷のままゴーレムを少しずつ押していた。

「よし、大体わかった」

カーミラの言った通り、手足をいくら破壊しても、欠けた部分に岩や泥がまとわりついて再生してしまう。

ただ、完全再生までには若干の時間がかかることも確認できた。

それが鍵《かぎ》だ。

「みんなっ、同時に左右の足を壊してくれ」

ゼノスの号令で、亜人達は一斉に駆け出した。

ゴーレムの倒し方は、体のどこかにある魔石を破壊すること。

《診断《スキャン》》を使えば、その位置は特定できるが、激しく動かれると精度も落ちてしまう。だから、まず足を破壊し、再生までの動けない一瞬に《診断《スキャン》》を使う。

魔石の位置さえわかれば、後はそこを目掛けて集中攻撃をかけるだけだ。

三人の亜人は、淡い光に包まれながら、互いに目を合わせた。

「まさか、あんたらと一緒に戦う日が来るなんてねぇ」

「これもゼノス殿のおかげ」

「これほど安心して背中を任せられるのは初めてだな」

＋＋＋

「いやはや、またまた驚かせてくれるね、ゼノス君」

丘の上から戦況を眺める【案内人】は、再び感心しながら息を吐いた。

中央の助けを期待してやりすごすのか。

この場を逃げ出して助けを呼びに行くのか。

どちらを選ぶか見ていたら、またもや予想を超えてきた。

あの男はたった数人を引き連れて、真っ向からゴーレムに立ち向かったのだ。

「すごいぞ。即席の集まりが、これだけの力を発揮するとは」

防護魔法と能力強化魔法も使えるらしいと聞いてはいたが、これも想像以上だ。

古《いにしえ》の怪物を相手に、種族も異なる亜人達が、まるで歴戦のパーティのような戦いぶりを見せている。かつて対立していた三大種族は、一人の治癒師の支援の下、今、完全に一つになっていた。

「そもそも別系統の魔法をあのレベルで使いこなせるなんて反則だよ。『第二幕』もキミの勝ちかぁ」

しかし、言葉の内容とは裏腹に、【案内人】はひどく楽しそうだ。

その呟きには高揚感が滲《にじ》んでいる。

「さあ、いよいよクライマックスだ。最後の選択がキミを待っているよ」

+++

ゴアアアァァァッ！

亜人達の同時攻撃を受けたゴーレムの両足が、瓦礫となって四散した。

支えを失った上体が、勢いで後方に倒れ込む。

その瞬間、ゾフィアが叫んだ。

「まずいよっ。先生、子供がいるっ！」

「なに？」

逃げ遅れたのだろうか。

おそらく怯《おび》えたまま廃屋の陰に隠れていたのだろう。

ゾフィアが指さしているのは、ちょうどゴーレムが倒れ込もうとする辺りだ。

しかし、積み上がった瓦礫が邪魔で、ゼノスの場所からは見えなかった。

「くっ」

見えない相手に、精度の高い防護魔法はかけられない。ゼノスはすぐに駆け出した。

果たして間に合うか――

だが、そこで信じられないことが起こった。

ゴーレムがふいに上体をひねって、両手をついたのだ。

まるで子供をつぶすまいとするかのような行動に、一同の動きが一瞬止まる。

その隙《すき》に、子供が泣きながら飛び出してきた。

ゾフィアの部下が、すぐにその子を抱えて避難させる。

「ありえん……」

ゼノスの後ろで、カーミラが呆然《ぼうぜん》と言った。

「ゴーレムは与えられた単純な命令をこなすだけじゃ。今のような行動は考えられん。そもそも貴様らと戦い始めた途端、急に獰猛《どうもう》になったのもおかしい。行動に波がないのがゴーレムの特徴じゃというのに」

レイスの言葉を耳にしながら、ゼノスは静かに答えた。

「カーミラ。疑似生命の核になる高純度の魔石は、もう手に入らないと前に言ったよな」

「ああ、言ったぞ」

「もしも、不完全な魔石に無理やり生命を宿らせるとしたら、どんな方法がある？」

「無理やり生命を宿らせる？」

カーミラは眉根《まゆね》を寄せ、ふいに息を呑《の》んだ。

「……まさか！」

視線はずっと前にむけたまま、ゼノスは掲げていた手をゆっくり下ろす。

「ゴーレムの《診断《スキャン》》を終えた。魔石は左胸の位置にある」

そして、体の内部構造を把握する《診断《スキャン》》は、魔石の位置にかつて見たことのある輪郭を描き出した。

ゼノスは、再生しつつあるゴーレムをじっと見つめながら呟いた。

「お前は、アストンか……」

＋＋＋

「どうやら、気づいたようだね」

望遠魔具を食い入るように覗く【案内人】は、声を弾ませた。

ゴーレムの核となりえる高純度の魔石は、今の世の中そうは手に入らない。

「じゃあ、不完全な魔石に生命を宿すには、どうしたらいいんだろう。そこでボクは考えた」

生・き・て・い・る・人・間・を・使・え・ば・い・い、と。

人間を魔石と融合させ、新たな核とすればいい。

だが、問題はまだ残っていた。

感情が複雑な人間は、一般に制御が難しいのだ。

そこで、なるべく単純かつ、わかりやすい強い負の思いを持つ者が必要だった。

そこに現れたのが、あのアストンという男だった。

少し協力してくれれば、金は一切《いっさい》いらないと告げたら、簡単に乗ってきた。

あとは復讐《ふくしゅう》に必要という理由で体に魔石を植え付け、それを核にゴーレムを組成する。

「さあ、ゼノス君。キミはこの戦いにどう幕を下ろすのかな」

依頼人の体は、すでに魔石に取り込まれ、ほとんど融合しているはずだ。

魔石を破壊したいなら、本人ごと葬らなければならない。

よって、今回に至っては選択肢などない。

ゴーレムの死を以《もっ》て、戦いに終止符を打つ。その一択だろう。

「だけど、さんざん人を癒やし、救ってきたであろうキミが、最後は自分を拾った元パーティメンバーを殺して終わるんだ。痛快なシナリオじゃないか」

興味があるのは、ゼノスという男が、その一択をどう実行するか。

舞台の幕を、どのように下ろすのか。

【案内人】にとって重要なのは、好奇心だ。

「安い命と引き換えに、面白《おもしろ》いものが見れそうだ」

【案内人】はそう呟いて、くすくすと笑った。

＋＋＋

「みんな、悪い。一旦《いったん》離れてくれ」

再生しつつあるゴーレムを前に、ゼノスは亜人達に声をかけた。

「でも、先生っ」

「リンガはまだやる気まんまん」

「前線は我らに任せろ。ゼノスの後方支援があれば、負ける気がせん」

「まあ、本当はそうすべきなんだけどな」

治癒師は最前線に立つな——師匠の七番目くらいに多かった口癖だ。

自分の戦いに集中すると、仲間へのサポートがおろそかになる。

それにもし怪我を負うと、魔法の精度も落ちて、結果パーティの全滅を引き起こしかねない。

だから、その口癖は全面的に正しい。しかし——

「すまん。こうなった以上、あいつと決着をつけるのは俺しかいないんだ」

「先生……」

ゼノスの真剣な口調に、亜人達は互いに顔を見合わせて、ゆっくりとその場から下がっていった。

「そろそろ夜が明ける。わらわは太陽は苦手じゃからもう帰るぞ」

後ろにふわふわと浮いていたカーミラが言った。

「ああ、俺もすぐ戻るよ」

「別に心配はしとらん。紅茶でも用意して待っててやる」

「恩着せがましく言ってるけど、用意するのはリリだよな?」

「くくく……」

カーミラは身を翻《ひるがえ》して、その場から離れていった。

貧民街の住人もすでに周辺一帯からは避難している。

辺りはひどく静かだった。

「アストン。もうここにいるのは俺達だけだ」

瓦礫の散らばる街に、ゼノスの声が響き渡った。

「この街で、お前が俺に声をかけた。それが俺達の始まりだったよな」

――やることがねえんだったら、俺達と冒険しねえか? どうせ居場所がねえんだろ。

師匠との別れの後で、気が抜けたように貧民街の路傍に座り込んでいた時だった。

とにかく、どこか遠く、知らないところに行きたかった。

だけど、この荒《すさ》んだ薄暗い街以外に、貧民を好んで受け入れてくれる場所などないことも知っている。そんな時に、声をかけてきたのがアストンだった。

当時は救世主のように見えたと言っても過言ではないが、その実体は横暴な独善家だった。

ゼノスは砂利を踏みしめながら、少しずつ距離を詰めていく。

「お前が子供を助けるとか、らしくない真似《まね》しやがって」

確かアストンは市民でも下級市民の出身だったはずだ。

——あいつが金と権威に異常に執着してるのは、薬が買えずに小さい妹を病気でなくしたからだよ。本人は否定してるがな。

アストンと最もつきあいの長いガイルが、別のメンバーにそう話していたのを偶然聞いたことがある。

既に意識が曖昧《あいまい》で、泣いている子供に、死んだ妹の姿が重なったのかもしれない。

逆に言えば、まだかすかに人間の部分が残っているのだろうか。

オオオオオオオオオオオオオッ！

再生を終えたゴーレムは、立ち上がって雄たけびをあげた。

両腕を天空に突き上げ、ゼノスに向けて戦闘態勢をとる。

「一応、怒りの感情もまだ残っているようだな。拾って捨てた犬が、自分より幸せそうで憎いか。アストン」

ゼノスはゴーレムの巨体に向けて、淡々と足を進めていく。

かつてアストンが声をかけてきた時、どうして一目でゼノスに居場所がないことを見抜けたのだろうかと不思議に思ったことがあった。

「だけど、今ならわかるぞ。アストン」

ゴーレムの洞穴のような空虚な瞳を、ゼノスは見上げた。

「――お前も、同じように居場所がなかったんだな」

パーティメンバーや支援者に囲まれ、それなりの地位と名声も手に入れた。

しかし、常に他人を見下し、利用することばかりを考えていたアストンに、心から信頼できる仲間はいなかった。穏やかな気持ちで過ごせる居場所はなかった。

「ま、そんなことは、もはや俺には関係ないけどな」

ゼノスは呟きとともに、その場を駆け出した。

轟音《ごうおん》をまとって降り降ろされる両腕を、脚力強化でかいくぐる。

直後、右手に魔力を集めた。

「おおおあああっ！」

以前、ゾフィアやレーヴェの治療に使用した《執刀《メス》》が形を変え、剣の形状に変化する。

白く輝く剣で右膝を両断。ターンしながら左膝を切断。

崩れ落ちる上体を転がりながらかわすと、すぐに立ち上がってゴーレムの左胸を十字に切り裂く。

岩の装甲に亀裂が入り、胸の内部が露出した。

「よう、また会ったな」

はたしてアストンはそこにいた。

すでに魔石に浸食され、皮膚はまだらに黒ずんでいる。

瞳は虚《うつ》ろで、あああ、とかすれた声が喉奥から漏れている。

「と言っても、別に会いたいわけでもないがな。お前の顔を見るのは今日で最後だ」

ゼノスは言いながら、剣を振り上げ、アストンの腕を両断した。

低い悲鳴が、朝待つ空に響き渡る。

アストンの一声から始まった冒険は、ゼノスの追放という形で幕を下ろした。

しかし、それは物語の終わりというには、あまりにも突然で、中途半端《ちゅうとはんぱ》だった。

闇色の魔石に浸食され、狭い内腔に押し込められたアストンの今の姿は、師匠を失い、殻に閉じこもるように黒い外套をまとって膝を抱えていた、あの時のゼノスのようにも見える。

始まりと、終わり。

運命は、分岐した二つの物語を、立場を変えて今この場所で結実させようとしている。

「さあ、俺達の冒険をきっちり終わらせようか、アストン」

＋＋＋

「なるほど、そうくるのか……」

丘の上の【案内人】は、戦況を見つめながら静かに頷いた。

「思ったより躊躇《ちゅうちょ》なく殺すんだね。まあ色々仕打ちを受けたみたいだし、当然と言えば当然か」

そのこと自体に驚きはない。

そして、想像の範囲内で動く相手であれば、怖さもない。

少し買《か》い被《かぶ》りすぎたか。

「うーん、これで終わりか。最後は期待ほど盛り上がらなかったけど、仕方ないね……」

そこまで言って、【案内人】は息を呑んだ。

「……いや、違う。これは――」

＋＋＋

オオオオオオッ！　あああああっ！

ゼノスの振り回す白刃が、魔石と融合したアストンの身を容赦なく削っていく。

ゴーレムとアストンの悲鳴が交じり合って、異様な音響が辺りに轟《とどろ》いた。

岩石で造られた破壊兵器は、手足を振り回して暴れ、アストンを核に岩や泥が再生を始める。

それを撥《は》ね飛ばし、時に防護で身を守り、そして再び向き直る。

「ああ、疲れるっ。ちょっとは落ち着けっ」

不満をまき散らすゼノスを、亜人達が遠くから見守っていた。

「先生は何を時間かけているんだろうねぇ」

「リンガもそう思う。すぱっと倒せばいいのに」

「それだけ相手がしぶといのか……いや」

レーヴェが眉《まゆ》をひそめ、恐る恐るといった様子で口を開いた。

「ゼノスは……とんでもないことをやろうとしているかもしれんぞ」

＋＋＋

「破壊、しながら、再生している……？」

望遠魔具を覗く【案内人】は、自身の声が震えているのを感じた。

あのゼノスという男は、ただデタラメに剣を振っているのではない。

魔石と融合している部分を切り取り、欠片しか残っていない人間の部分を少しずつ再生しているのだ。当然、削りすぎれば命を絶ってしまうし、かと言って躊躇していれば瞬く間に魔石が再生部分まで浸食を始めてしまう。

何百人もの治療を終え、亜人達の戦闘を指揮し、その上で、細心の注意を払い、極限の集中力で魔石の融合を解除しようとしている。

そんなことができる人間がいるのか。

【案内人】は、初めて戦慄《せんりつ》が背筋を駆け抜けるのを感じた。

「なんて、奴だ……」

＋＋＋

ゼノスの斬撃《ざんげき》は続いていた。

アストンの体を削り、わずかに残った人間の組織を再生。

魔石の浸食が進むと、そこをまた治療する。

延々と繰り返すうちに、ゴーレムの動きは鈍くなっていた。

「……ス。ど……して」

徐々に人間の部分が戻ってきているアストンが、かすれた声を発する。

「正直、お前みたいな奴は、滅んだほうが世のため人のため俺のためなんだけどな」

ゼノスは肩で息をしながら、《執刀《メス》》を振るった。

夜は少しずつ白み始めていた。

「……は、……なぜ……」

「はあ？　お前、損害額わかってんのか。落ちぶれたお前だけじゃ全額払えないから、首謀者からも取り立てる。死ぬなら黒幕の居場所を吐いてから死ね。それが一つ目の理由だ」

人間の部分が増えてくるにつれて、装甲となっていた岩石がぼろぼろと零《こぼ》れ落ちていく。

ゼノスは疲労の蓄積した腕をなんとか持ち上げた。

「二つ目は、お前はどうしようもないろくでなしだが、結果的に二つだけ俺の人生にいい影響を与えた。俺を貧民街から拾い出したことと、気まぐれの手切れ金だ」

剣を振り降ろし、欠けた部分を再生する。

あの一枚きりの金貨を元手に、リリを救ったことが切っ掛けで、治療院を始めることにした。

それが大きな人生の転機となった。

「三つ目。お前をかろうじて消さずにいてやる最大の理由はな――」

全身の力を込めて、ゼノスは最後の一撃を振り降ろした。

「俺が治癒師、だからだよ」

――治癒師がいないから、俺らのパーティに入れよ。

――はっ、治癒師のライセンスもないくせに。

――お前のうさん臭い我流の治癒魔法なんてなくても、強くなった俺らを傷つけられるような相手はいねえんだよ。

――おいおい、大ボラ吹くなよ。

何かを断ち切るかのように振るわれたゼノスの刃が、魔石の最後の欠片を粉々に砕いた。

「わかったか、この大馬鹿《ばか》野郎」

「……嫌、ってほど、わかったよ。お前がどれだけすごい奴かってことは……」

全ての装甲が剝《は》がれ落ち、アストンはがっくりと膝をついた。

「こんなの……人間業じゃねえだろ……」

すっかり綺麗《きれい》になった両腕を眺めて、脱力したように呟く。

「なにも、かも、失ったのに……それでも生きろ、って言うのか。これがお前の仕返しか」

「そこまで知らん。考えすぎだ」

「……」

二人の間を、湿った風が吹き抜けた。

遠い山の稜線《りょうせん》が、朝の到来を告げるかのように明るく染まっていく。

しばらくの沈黙の後、アストンはぽつりと言った。

「お前が亜人を支援するのが、ぼんやり見えていたよ……。お前はああやってずっと俺らをサポートしてくれたんだな……」

「急に気持ち悪いな。何を企《たくら》んでるんだ」

「ひでえな……？　いや、そう思われても仕方ないが……。ずっと他人を利用して生きていたら、最後は自分が利用された……ざまあないな」

アストンは俯《うつむ》いて言った後、額を地面にこすりつけた。

「もう、何を言っても駄目なのはわかってる……ただ、これだけは言わせてくれ……。……すまねえ……すまねえ、ゼノスっ」

それはアストンの口から漏れた、初めての心からの言葉に聞こえた。

ゼノスは軽く息を吐き、アストンの肩を優しく叩《たた》いた。

「もういいよ。顔を上げろよ、アストン」

「いや、それじゃあ俺の気がすまねえ」

「いいって。ほら、その体勢だと殴りにくいだろ？」

「……え？」

「人間に戻ったなら、もう遠慮はいらないよな」

「あの、え」

「能力増強——腕力十倍。このために少しだけ魔力を残してたんだよ」

「ちょ、まっ」

「お前を生かした四つ目の理由を教えてやる。意識が曖昧な時に仕返ししても、俺がすっきりしないからだ」

ゼノスは青い光をまとった右腕を、ゆっくり振りかぶる。

「この野郎、手間かけさせやがってぇぇぇっ！　土下座くらいで許すかぁぁぁぁっ！」

「ごぶべえええええぇぇぇっ！」

渾身《こんしん》の右ストレートが、アストンの顔面に炸裂《さくれつ》。

吹き飛んだ体は、爽《さわ》やかな朝日の煌《きら》めきの中に消えていった。

エピローグ一 ～居場所～

「こら、起きろ」

「う……あ……」

アストンが目を覚ますと、金髪に青い目をした美しい女が見下ろしていた。

顔中がずきずきと痛む。

しばらく気を失っていたようだ。

「あん、た……」

「怪物が現れたという通報でやってきたが、お前と会うのは二度目だな。前はよくも逃げ出してくれたな」

「あ、ああ……」

確か、近衛師団の副師団長のクリシュナという女だ。

アストンは緩慢な動作で上体を起こした。

「ゼノス、は……？」

「ここに来る途中に会って話は聞いた。これだけの規模の災害で、一人も死人が出なかったのは奇跡だ。ゼノス氏に一生涯感謝するんだな」

「…………そう、だな」

アストンは痛む頬《ほお》を押さえながら、小さく呟《つぶや》く。

クリシュナは魔法銃をアストンに向けた。

「アストン・ベーリンガル。暴行未遂、逃亡、偽証、復讐《ふくしゅう》依頼、無差別暴行、器物破損など多数の罪状でお前を捕縛する。相応の罰は覚悟しろ。勿論《もちろん》、首謀者についても知っていることは洗いざらい話してもらうぞ」

「……？」

「あとは公然わいせつ罪も追加だな」

クリシュナはじろりと、アストンの全身を一瞥《いちべつ》した。

再生の過程で、服の大部分が破損し、申し訳程度しか残っていない。

そこで気づいた。

「……ない」

地下迷宮のお宝である愛用の剣がなくなっている。

確かずっと腰につけていたはずだが。

「ああ、ゼノス氏から伝言だ。『お前が気絶している間に、剣は没収しといた。地下迷宮の逸品だから、売ればかなりの額になる。倒壊した家屋の分くらいは補填《ほてん》できるはずだ。というか、そもそも俺《おれ》が取ってきたやつだし、いい加減返せ、泥棒』だそうだ」

「…………はっ」

アストンは力なく笑った。

何もかも。

本当に、何もかもを失ってしまった。

これだけのことをやらかしたのだ。冒険者資格も剥奪《はくだつ》だろう。

地位も、仲間も、財産も、長い期間をかけて積み上げてきた全《すべ》てが、崩れ去ってしまった。

「何を呆然《ぼうぜん》としているのだ。全て自業自得だぞ」

「ああ……わかってるさ……」

もう自分には何もない。

いや、実は最初から何一つ手に入れてなどいなかったのかもしれない。

話すことを話したら、もう――

「……？」

ふと気づいたことがあった。

握りしめた左手の中に何かがある。

ゆっくりと指を開くと、古びた金貨が一枚、そこにあった。

「そういえば、もう一つゼノス氏から伝言がある。『それは手切れ金だ。二度と俺に関《かか》わるなよ』だそうだ」

「…………」

アストンは絶句したまま、金貨を見つめた。

金貨が伝えるメッセージは、ゼノスからの永遠の決別宣言。

それ以上の意味はないかもしれない。

だが――

「ゼノ……スっ……」

自分は、何もかもを失った。

この汚れた手から、全てが零《こぼ》れ落ちていった。

しかし、たった一枚の金貨が人生を変えることがあると、証明した男がいる。

アストンは、金貨を固く握りしめて、その場にうずくまった。

「うう、ううう、うっ……うあああああっ……」

クリシュナは身を震わせる男を眺めて、肩をすくめた。

「大の男がめそめそ泣くな。お前が本格的に泣くのはこれからだ。私の取り調べは厳しいからな」

+++

「そうか、近衛師団が動いたか……」

遠く離れた丘の上で、【案内人】は静かに呟いた。

これまで貧民街で何が起ころうが、中央は無関心を決め込んでいたはずだ。

太陽王国と称されるハーゼス王国は、燦然《さんぜん》と輝く光を周辺国に放ち続けてきた。

しかし、強すぎる光は、同時に濃い影を足元の大地に落とす。

そんな国で、今、何かが少しずつ変わり始めている。

その中心にいるのは、きっと廃墟《はいきょ》街の片隅にいる一人のヒーラーだ。

「とても興味深い人材だ。もっともっとキミのことを知りたいけれど……」

アストンという男から、アジトの情報は洩《も》れるだろう。

まさか生き残るとは思っていなかったから、そこまで用心していなかった。

しばらくは大人しく身を隠すか、もしくはこの国から離れる必要がある。

色々とやりかけだった研究も全て破棄せねばならない。

「――キミのことは忘れないよ。必ずまた遊ぼう、ゼノス君」

【案内人】は鼠《ねずみ》色のローブの奥で低く呟き、その身を翻《ひるがえ》した。

＋＋＋

「ああ、しんど……」

その頃《ころ》、ゼノスはゾンビのような足取りで、廃墟街を歩いていた。

夜中に数百人規模の治療をし、ゴーレムとの戦闘を補助し、最後は自身が戦いながら、人間を再生する。

「さすがに、過労で倒れそうだ……」

波のごとく押し寄せる疲労で、なかなか治療院まで辿《たど》り着かない。

「先生、大丈夫かい？」

「ゼノス殿、だいぶ顔色が悪い」

「どんどん歩き方があやしくなっているな。手をかすぞ」

付き添っている亜人達が、心配そうに顔を覗《のぞ》き込んでくる。

「大丈夫だ。お前らも疲れてるだろ。俺はちょっと体力に自信がないだけだ」

「……」

顔を見合わせた三人は、頷《うなず》き合ってゼノスの肩をかついだ。

「おい、お前らっ」

「いいじゃないか、先生。いつも世話になってるんだ」

「このくらいは当然。むしろリンガはもっと密着したい」

「抜け駆けは許さんぞ、リンガ」

ゼノスは小さく溜《た》め息《いき》をつく。

「……仕方ない。たまには言葉に甘えるか」

三人にかつがれるような形で、ゼノスはようやく治療院に到着した。

「くくく、無事じゃったか。しぶとい奴《やつ》じゃ」

ドアを開けると、ベッドの上でカーミラが足を組んでいた。

「くたばってなくて悪かったな」

「まったくじゃ。せっかく静かな日々が戻ってくると思っとったのに」

奥のキッチンからリリが顔を覗かせる。

「カーミラさん、そんなこと言ってるけど、ゼノスの帰りが遅いから、心配してずっと家の中をうろうろしてたんだよ」

「ば、馬鹿《ばか》っ、リリ。それは嘘《うそ》じゃ、そんなことがある訳なかろう」

「へぇ……」

「な、なんじゃ、その顔は」

「リリもカーミラさんから話を聞いて心配だったけど、ゼノスは絶対戻ってくるって知ってたもん」

紅茶のカップを盆にのせたリリが、満面の笑顔で近づいてくる。

ほっこりとした湯気の立つカップを手渡し、大きな声で一言。

「おかえり、ゼノス」

「……」

ゼノスは何度かまばたきをした。

かつて貧民街で一人座り込んでいた時、アストンに声をかけられた。

パーティという居場所を与えられ、そして、ある日理不尽にその場を追われた。

ただ、今思うのは、きっとあそこには始めから自分の居場所はなかったということだ。

そうして追われた先に辿《たど》り着いたのは一軒の朽ちかけた廃屋。

ゼノスはおもむろに皆の顔を見渡し、笑ってこう答えた。

「ただいま、みんな」

ここは王都の外れ。

廃墟街の片隅の治療院。

一風変わった奴らばかりが集う、俺の居場所だ。

エピローグ二　～予兆～

ゴーレム事件翌日の午後。

貧民街の入り口には真《ま》っ白《しろ》い外套をまとった数名の集団がいた。

胸の紋章には、二本の手が癒《い》やすように太陽を包み込んだ図柄が描かれている。

王立治療院に所属する治癒師《ちゆし》の一団だ。

「なんだって本部は、治癒師の派遣にこんなに時間をかけたのでしょうか」

その中の一人の少女が、少し不満そうに言った。

眼鏡《めがね》をかけ、青い髪が肩で揺れている。

「こんなに遅くては、重傷者がいたらとっくに手遅れですよ」

「仕方ないだろ、ウミン。なんたって、場所が貧民街だしな」

「街区でも貧民街でも、怪我《けが》人に違いはないと思うんですが」

「大きな声でそういうことを言うな。違いはあるんだよ。だから、正式派遣じゃなくボランティアという形をとっているんだ」

別の治癒師が少女をたしなめる。

ウミンと呼ばれた少女は、小さく嘆息して眼鏡の端を持ち上げた。

「それで集まったのが五人もいないだなんて……」

「ゼロよりはましだろ」

「私、事件の詳しい話を聞かされてないのですが」

「俺《おれ》もだよ。なんでも怪物が貧民街に現れたという噂《うわさ》だが、よくわからないんだよな。近衛師団が重要参考人を確保しているらしいが、混乱を避けるために詳細の発表は控えているという話もある」

「なんだか雲をつかむような話ですね……」

「俺達の役割は事実の究明じゃなく、怪我人の対応だからな。あまり気にしても仕方ない」

「それはそうですけど……」

治癒師の一団はそんな会話を交わしながら、街の中に足を踏み入れた。

「うわ……」

そこには想像以上の光景が広がっていた。

周辺の建物はほとんど倒壊し、いまだ一部の廃材からは煙がぶすぶすとくすぶっている。

「まさか本当に怪物が現れたんでしょうか?」

「俺も眉唾《まゆつば》だと思っていたがな。そんな怪物がいたなら、どこに消えたんだって話だし」

一同から戸惑いの声が上がる。

いずれにせよ、この状況を見るに、相当の怪我人が出ていると思われる。

どこかに拠点を作って、順番に診察していくしかないが、こちらは数人。

一体何日かかるのかとウミンはめまいを覚えた。

「とりあえず住民の方にも協力してもらって、怪我人を一か所に集めてもらいましょう」

ウミン達は手分けをして、廃材の片づけをしている住人達に声をかけていった。

だが――

「怪我人が、いない……？」

「ああ、俺のところもだ」

誰《だれ》に聞いても、もはや治療が必要な怪我人はいないと言う。

詳しいことを尋ねようとしても、誰もそれ以上は教えてくれない。

「この被害状況で、そんなことありえますか？　事件は夜中ですよね。全員がすぐ避難できる状況だったとも思えませんし」

ウミンは混乱した頭で言った。

別の治癒師が腕を組んで答える。

「考えられるとしたら……怪我人なんて本当にいなくて、これは中央を混乱させるための住民達の自作自演だった」

「なんのためにそんなことを？」

「さあ？　または怪我人はいるが俺達が信用されていないってことかな」

「……」

「いずれにしても、確かなことは俺達の仕事はないってことだ。ったく、余計な時間を使ったぜ」

治癒師達は呆《あき》れた様子で、貧民街を後にした。

「本当に、そうなんでしょうか……」

一人残されたウミンは、瓦礫《がれき》と化した街を眺めながら呟いた。

まず、自作自演で家まで破壊するメリットはない。

また、中央の治癒師が信用されていないのはあるかもしれないが、近しい者が傷つけば治療をお願いする者が一人くらいいてもよさそうだ。

「もしかして――」

ウミンはふいにもう一つの可能性を思いついた。

つまり、怪我人はいたが、既に別の誰かが治療を済ませてしまった。

しかし、すぐに首を振る。

「……さすがにそれはないですね」

ウミン達が来るまでの間に、この規模で想定される被害者をさばくには、一般のヒーラーなら数十人が必要だ。

王立治療院には、それだけの治癒師が動いたという情報は入っていない。

当然、特級クラスの治癒師や、聖女が関与したという話も聞いていない。

馬鹿《ばか》げた発想に呆《あき》れながら貧民街を出ようとした時、ウミンの足が止まった。

ふと思い出したことがあったのだ。

少し前、辺境の村に往診に行っていた時、偶然【黄金の不死鳥《ゴールデン・フェニックス》】というパーティのファイアフォックス討伐《とうばつ》に同行したことがあった。

その時に、リーダーが口にした台詞《せりふ》が頭によぎった。

――治癒師のライセンスもないのに、特級クラスの治癒魔法が使える奴《やつ》ってのはいるのか？

「…………」

妙な質問をするものだと感じたが、今思えば、あれは誰かのことを想定していたのだろうか。

王立治療院は、国内の全《すべ》ての治療院を管轄している。

だが、無ライセンスであれば、当然その網から漏《も》れることになる。

この国のどこかに、中央が把握していない特級クラスのヒーラーが隠れている。

そして、もしそんな人物が事件に関与したならば、この不可解な状況の説明はつくが――

ウミンは街を恐る恐る振り返って、声を震わせた。

「まさか、ですよね……？」

王立治療院の足音が、闇《やみ》ヒーラーのもとに少しずつ近づいていた。

書き下ろし短編

カーミラさんの長い夜

夜は好きだ。

魚にとっての水のように。

鳥にとっての大空のように。

あるいは赤子にとっての母親の腕の中のように。

種族によって、あるべき拠点、魂の休まる居場所というものが存在する。

アンデッドにとって、それは夜だった。

文字通りに肌を焼く太陽が地の底に沈むと、そこは漆黒の楽園。

冷え冷えとした暗闇《くらやみ》が絹の毛布のように身を優しく包み、立ち込める死の匂《にお》いはさながら極上の香水のよう。

種族として眠る必要のないアンデッドだが、夜の時間を持て余すことはなかった。

森閑とした闇《やみ》に身を漂わせておけば、まるで美酒に酔ったように心地よい気分でいられる。

だから、暇で困るなんてことは決してないはずなのだが――

「暇じゃ」

廃墟《はいきょ》街の片隅。

日中は治療院として営業している廃屋の二階で、カーミラはむくりと身を起こした。

草木も眠る丑《うし》三つ時。

かつて伝染病が蔓延《まんえん》し滅んだこの街は、時が止まったような静寂に包まれている。

カーテンの隙間《すきま》から差し込む薄い月明りを、カーミラはぼんやり眺めた。

妙な気分だった。

以前は夜に暇を持て余すことなどなかった。ただ、静かに暗闇に浸っておけばそれでよかったのだ。こんな気持ちになったのは、妙な居候が強引に一階に住み着いてからである。

「……ふん」

カーミラは鼻を鳴らして、床板をするすると通り抜け、階下に顔を出した。

そこは診察室だった。玄関扉と直結する部屋であり、もともとはリビングだった場所だが、今は受付台に診察机、患者用ベッドや薬品棚などに占拠され、柄の悪い患者達の溜《た》まり場《ば》になっている。

そして、診察室の奥のドアを開けると、廃材を組んだ歪《いびつ》な形の食卓が中央に鎮座していた。元は応接室だった場所で、今はこの家のリビングだ。亜人のかしましい首領達は、このところ我が物顔でここに腰かけている。

さらにドアを進むと、廊下に出る。地下水を引いた洗面所や浴室はその突き当りにある。

寝室はその反対側に位置していた。

ふよふよと空中を浮遊しながら、カーミラは寝室のドアをすり抜けた。

ベッドが二つ平行に置いてあり、奥にエルフの少女、手前に治療院の主《あるじ》が寝ている。

手前にゼノスがいるのは、万が一、賊が浸入してきた時に、まず自分が壁になるようにと考えてのことだろう。本人がそのように説明したことはないが、おそらくそうだと思う。

こいつは、そういう男なのだ。

だが、わざとなのか寝ぼけているのかわからないが、リリはよくゼノスのベッドに潜り込んで寝ているので、ゼノスの気遣いはそれほど意味がなかったことになる。

「……」

カーミラは眠っているゼノスの真上に移動し、瞳《ひとみ》を細めて寝顔を見下ろした。

「もとはと言えば、全《すべ》て貴様のせいじゃ」

この男がやってきてからというもの、夜に漂っているだけの生活が一変した。

特に太陽を避けるようにじっとしていた日中に関しては、客が頻繁にやってくるようになり、中には勝手に入り浸る者まで出る始末。

夜は夜で、顧客名簿の管理や、カルテの整理、帳簿の記載、掃除や明日の準備などの雑務が発生するため、なんだかんだ慌ただしい時間が流れる。

つまり、愛すべき静寂の日々は、すっかりどこかへ行ってしまったのだ。

カーミラはゼノスに向けて、ゆっくりと右手を伸ばす。

アンデッド系最上位の魔物に位置付けられるレイスは、その気になれば触れただけで相手の生命を吸い取ることができる。

冷気をまとった真っ白な指先が、息に触れるほどの距離に近づいた。

「《治癒《ヒール》》」

「うおおおおっ」

思わず声を上げたカーミラは、天井板《てんじょういた》を抜け、二階へ緊急脱出した。

じっと様子を窺《うかが》った後、恐る恐る下に戻ると、ゼノスはすぅすぅと寝息を立てていた。

特に回復魔法が発動した様子はない。

「な、なんじゃ。ただの寝言か。驚かすな、心臓が止まるかと思ったわ」

まあ、最初から止まっているが。

誰《だれ》も聞いていないアンデッドジョークを口にして、カーミラは一人ほくそ笑む。

「しかし、寝言でも回復魔法とは……」

夢の中でも、誰かを治療しているのだろうか。

カーミラは肩をすくめて、ゼノスの寝顔を眺める。

この男がやってきた日から、全てが変わってしまった。

静けさだけに包まれた日々は終わりを告げた。

代わりに、生きる者の営みを観察するようになった。

持ち込まれる面白《おもしろ》い事件に心が躍るようになった。

時には亜人達と机を囲んで談笑するようになった。

食事の後に皆で飲む、紅茶の香りと安らいだ気分を心地よく思えるようになった。

なにより、毛嫌いしていた朝を——騒がしい一日の始まりを告げる太陽の訪れを、待ち遠しく思えるようになってしまった。

「まったく……全て貴様のせいじゃぞ、ゼノス」

夜がこんなにも長いと感じてしまうなんて。

カーミラは口元をおもむろに緩《ゆる》めると、ふわりと身を翻《ひるがえ》し、二階へと戻っていった。

あとがき

どうも、菱川さかくです。

このたびは『一瞬で治療していたのに役立たずと追放された天才治癒師、闇ヒーラーとして楽しく生きる』をお手に取ってくださり、ありがとうございました。

本作は書いてみたいものを自由に書いてみようと思い立ち、半ば趣味として「小説家になろう」に投稿した作品ですが、予想を遥かに超える応援を頂き、嬉しいことに書籍化・コミカライズされることになりました。

いや、本当にありがたいですね……（しみじみ）。

しかし、投稿を始めた当初は、そんなことになるとは全く想定しておらず、話のストックも数話しかなかったため、投稿二日目には早くも手持ちの話が尽き、まあそのうち次が書けたら投稿しよ……くらいに思っていたところ、予想外に評価をもらい始めたため急遽気合いを入れ直して書き上げた経緯があります。

そのため、ウェブ版ではどうしても描写の荒い部分など出てくる訳ですが、書籍版ではそういった部分の修正や、書き下ろし短編も含めて色々と手を入れておりまして、結果的には一万字以上の加筆になっています。ウェブ版を御覧の方も楽しんでもらえれば幸いです。

本作は不遇の天才治癒師が闇医者的なヒーローになって活躍する物語です。

そして、物語――の定義は人によって様々でしょうが、個人的には【極上の現実逃避】だと感じています。

現実で嫌なことがあっても、物語に没入している瞬間は全てを忘れて、冒険の高揚感を味わったり、強敵との戦いにひりひりしたり、スローライフをのんびり満喫したり、ヒロインとの恋愛に甘く浸ったりしていられる。

現実世界がとてつもなく大変な昨今、物語が持つそういう側面が、ある意味ではより重要になっているような気がしないでもなかったりします。

そして、本作がもしそういう体験の一端を担うことができたならば嬉しく思います。

なんだかいいことを言った気がします、ひゅー！

それでは、謝辞に移ります。

まずは担当編集様を始め、ＧＡノベル編集部に関わる皆様、本作の書籍化ならびにコミカライズにご尽力いただきましてありがとうございました。

イラストを担当頂いただぶ竜先生には、作者のイメージ以上に、各キャラクターを可愛く魅力的に描いて頂きました。イラストが届くたび、おお……と感嘆の溜め息を漏らしていました。

また、本作が書籍化に至ったのは、ウェブ版での多くの応援のおかげです、ありがとうございます。そして最後に、この書籍版を購読くださった読者様に最大限の感謝をお伝えしたく！

それではまた、お会いできることを願いまして。

GAノベル

一瞬《いっしゅん》で治療《ちりょう》していたのに 役立《やくた》たずと追放《ついほう》された天才治癒師《てんさいちゆし》、 闇《やみ》ヒーラーとして楽《たの》しく生《い》きる

2021年10月31日　初版第一刷発行

著者　菱川さかく
発行人　小川 淳
発行所　SBクリエイティブ株式会社
〒106-0032　東京都港区六本木2-4-5
03-5549-1201　03-5549-1167（編集）

装丁　AFTERGLOW
印刷・製本　中央精版印刷株式会社

ISBN978-4-8156-1020-3
Printed in Japan

ファンレター、作品のご感想をお待ちしております。

〒106-0032　東京都港区六本木 2-4-5
SBクリエイティブ株式会社
GA文庫編集部 気付

「菱川さかく先生」係
「だぶ竜先生」係

本書に関するご意見・ご感想は
下のQRコードよりお寄せください。
※アクセスの際に発生する通信費等はご負担ください。

https://ga.sbcr.jp/